Peter Wöllauer

Der kochende Zauberlehrling

Impressum
Autor und Herausgeber
Dr. Peter Wöllauer
Ahornstraße 9a
93333 Neustadt an der Donau

Herstellung und Verlag:
BoD – Books on Demand, Norderstedt
Copyright © 2024 Neustadt an der Donau

ISBN: 9783758310775

Inhalt

1
Meister Kakadu

Die Sonne war hinter den Bergen aufgegangen. Die Nebel der Nacht stiegen auf und gaben die Sicht frei auf den dunklen Tannenwald. Im Licht der frühen Maisonne glitzerten die Tautropfen auf den Halmen der bunten Blumenwiese, durch das zarte Grün der jungen Buchenblätter schien die Sonne. Da, unter den tiefhängenden Ästen der mächtigen Tanne, die an der Biegung des steinigen Fußweges stand, kroch eine Gestalt hervor. Es war ein Bub von etwa zwölf Jahren. In einer Hand schleifte er einen Schlafsack in verschossenem grün und einen ebenfalls ausgeblichenen roten Rucksack in der anderen Hand. Er war ein stämmiger Bursche mit kupferroten Locken, die ein rundes Gesicht umspielten und tiefblauen Augen. Über der Nase schmückten das Gesicht einige Sommersprossen. Bekleidet war er mit einer roten Latzhose, ein wenig verschlissen. Statt eines Metermaßes trug er in der entsprechenden Tasche einen Schneebesen.

Der Bub rollte den Schlafsack zusammen, schnallte ihn unter den Rucksack, den er schulterte. Er machte sich auf den Weg, weiter den Berg hinauf, unterstützt von einem langen Haselstock.

Etwa nach einer Viertelstunde hörte er aus dem Tal ganz schwach das Sechsuhrläuten und erreichte einen etwas fremdartig aussehenden Baumstumpf, der sich bei näherem Hinsehen als Versteinerung herausstellte. Der Rotgelockte blieb stehen und zog unter seinem T-Shirt einen seltsamen Metallgegenstand hervor. Er hatte ihn an einem knotenlosen Ring aus einem dunkelbraunen Lederriemen hängen. Das Ding sah aus wie ein Schlüssel, war aber offensichtlich keiner. Ein Flaschenöffner war es nicht. Aus der Brusttasche seiner Latzhose zog er einen zusammengefalteten Zettel. Er legte das metallene Ding in eine Vertiefung auf dem versteinerten Baumstamm und las einige seltsame Worte vom Zettel ab. Es war kein Deutsch, es war kein Englisch, es war kein Latein. Nachdem er fertig war, steckte er alles wieder an seinen Platz, griff nach dem Wanderstock, den er auf den Boden gelegt hatte, und ging links am versteinerten Baum vorbei. Rund um den Buben erschien ein bläulicher Lichtschimmer. Nach Sekunden erlosch der Schein und der junge Wanderer war verschwunden.

Wer sich mit Magie auskennt, weiß, was geschehen ist: Er war durch ein Dimensionstor in die magische Welt eingetreten. Für die Menschenwelt war er zwar verschwunden, ein Magier jedoch hätte ihm folgen können. Allerdings folgte ihm niemand und der Bub schritt weiter tüchtig aus.

Für seine Augen hatte sich die Landschaft verändert. Er ging nicht mehr auf den Waldrand zu, sondern vor ihm lag eine weite Almwiese. Einige hundert Meter von ihm entfernt lag eine niedrige Almhütte, wie aus einer alten Zeit entsprungen, mit leuchtend roten Geranien vor den kleinen Fenstern und Holzschindeln auf dem Dach, niedergehalten von Brettern mit großen Steinen.

An der Alm ging er vorbei und wandte sich leicht rechts, bis er zu einem düsteren Turm aus schwarzem Basalt kam, der inmitten eines wassergefüllten Grabens aufragte, ohne Brücke und ohne Zugang. Der Wanderer zog wieder den seltsamen Gegenstand aus seinem T-Shirt und schaute durch. Daraufhin ging er an eine besondere Stelle am Graben und schritt vorwärts, wobei er scheinbar in der Luft schwebte, bis er an der Türe des Turmes stand, wo er klopfte.

Ein kleiner, magerer, gebeugter Mann mit Hakennase, runzeligem Gesicht und freundlichen, hellgrauen Augen, mit einer Küchenschürze vor dem Bauch, öffnete und fragte:

„Was ist dein Begehr, junger Fremdling?" „Seid Ihr Meister Kakadu? Ich bin Eliha Krummsky, der Sohn von Isidor Krummsky, mit dem Ihr vor Jahren durch das magische Indien gewandert seid."

„Du bist der kleine Eliha! Als ich dich das letzemal gesehen habe, bist du noch auf den Knien durch den Garten gedüst. Deine tiefhängende Windel war dir ganz schön im Weg. Was führt dich zu mir und warum ist dein Papa nicht mit?" „Papa ist verschwunden und ich habe mit Mama bei Onkel Lucullus gelebt, bis..." Da ertönte ein lautes Knurren. Kakadu drehte sich erschrocken um. Eliha lachte: „Aber das ist doch nur mein Magen. Das letztemal habe ich gestern früh gegessen und dann habe ich das Essen, das ich mitgenommen habe, einer Frau mit einem kleinen Kind im Zug gegeben. Die hatte auch kein Geld." Na, da musst du doch erst mal was Vernünftiges essen, komm herein, reden können wir später" Kakadu nahm Eliha um die Schulter und führte ihn in seine Küche. „Ich habe gerade Grießbrei gemacht, ich hoffe, den magst du. Allerdings gelingt er mir nicht so, wie ihn meine Mama gemacht hat."

Kakadu schaufelte eine weiße, gummiartige Masse, die mit schwarzen Flecken durchsetzt war, in eine Schüssel und legte ein Stück Butter in die Mitte. Nur weil er sehr hungrig war, konnte Eliha dieses kulinarische Produkt von Meister Kakadu überhaupt essen. Der Grießbrei war kein Brei, sondern eine fade, sehr stark nach Verbranntem schmeckende gummiartige Masse, die am Gaumen kleben blieb, sodass sie Eliha nur mit Mühe hinunterschlucken konnte. Hätte Kakadu zu diesem „Brei" nicht eine große Schale süße Ziegenmilch dazu gestellt, dann wäre Eliha an dieser Köstlichkeit erstickt. Er wollte den Zauberer nicht beleidigen und so aß er tapfer einen zweiten Löffel voll und einen dritten und vierten und damit war der grimmigste Hunger gestillt. Der Löffel ließ sich nicht mehr zwischen seine Lippen zwingen und Eliha legte ihn nieder. Die Ziegenmilch aber war köstlich. Sie war süß und man merkte das Aroma zahlreicher duftender Bergkräuter. Die Milch war ein echter Genuss.

Auch Kakadu hatte keine Lust mehr und legte den Löffel ebenfalls hin. „Ich weiß, ich bin kein besonderer Koch, aber es ist Nahrung", entschuldigte sich Kakadu mit trauriger Miene.

„Nun erzähle, was dich zu mir führt.", forderte der alte Zauberer den Jungen lebhaft auf.

Kapitel 2
Elihas Geschichte

Wir lebten in München. Mutter liebte die große Stadt, in der sie aufgewachsen war. Vater arbeitete als Laborant in einer großen Pharmafirma. Dies war seine unauffällige Deckexistenz. In Wahrheit arbeitete er in der magischen Forschung an der magischen Universität Merseburg. Zuletzt reiste er nach Tibet, um dort die über 3000 Jahre alten magischen Texte zu durchforschen und die dortige Magie, wenn möglich, weiterzuentwickeln. Er wollte drei Monate fortbleiben. Er hat uns jede Woche angerufen. Nach zwei Monaten war Funkstille. Bis heute haben wir nichts mehr von ihm gehört. Die magische Uni Merseburg schickte zwei Zauberer hin, um nachzuforschen, ohne Ergebnis. Es war, als ob er nie in Tibet gewesen wäre.

Nach einem Jahr wurde unsere Lage immer schwieriger. Mama verdiente als Buchhalterin in Teilzeit gerade genug, dass wir uns über Wasser halten konnten. Wir lebten im elften Stock eines Hochhauses in einer kleinen Dreizimmerwohnung. Damit es zu Papas Tarngeschichte als Laborant passte, durfte unsere Wohnung nicht zu groß sein. Aber Papa hatte eine Lösung. Mit seinen magischen Kräften baute er eine Erweiterung unserer Wohnung in die vierte Dimension. Den Zugang legte er in die Hinterwand der Speisekammer. In diesem magischen Teil der Wohnung hatten wir unseren Luxus mit

Hallenbad und Sauna, mit einer besonderen Küche extra für mich und mit einem Hobbyraum für ihn. Mama hatte für sich ein Lesezimmer mit ihren Lieblingsbüchern und einem großen Bildschirm, um sich ihre Herz-Schmerz-Serien anzuschauen und dabei zu heulen. Wir hatten auch einen Garten mit alten Obstbäumen.

Nachdem Papa ungefähr ein Jahr fort war, wollte ich, so wie jeden Tag, ein paar Runden schwimmen. Ich stieg in den Pool und legte los. Plötzlich erfasste mich eine Strömung und zog mich zu einem Dimensionsloch, in dem das Wasser verschwand. Ich wusste, ich durfte mich nicht hinziehen lassen, sonst wäre ich verloren. Erstens würde ich das wahrscheinlich nicht überleben und falls doch, würde ich nie mehr wieder nach Hause finden. Knapp vor dem Dimensionsloch konnte ich den Beckenrand fassen und mich mit aller Kraft hochwerfen, sodass ich dem verhängnisvollen Wasserstrom knapp entkam. Ein zweites Dimensionsloch zeigte sich in der gegenüberliegenden Wand. Ich schaute, dass ich aus dem magischen Bereich herauskam. Als ich durch meine Küche lief wackelten und klirrten die Schöpflöffel und Siebe, die Bratengabeln und Pfannkuchenwender. Schließlich flogen sie durch ein Dimensionsloch in der Decke in unbekannte Bereiche des Universums. Ich drückte mich möglichst weit weg davon entlang und flüchtete durch die Dimensionstür in unseren normalen Wohnbereich. Mama hatte das schon länger befürchtet. Die Zaubersprüche, mit denen uns Papa den luxuriösen zusätzlichen Raum verschafft hatte, konnten den magischen Raum nicht mehr stabilisieren. Sie hätten dringend erneuert werden müssen, aber Papa war nicht da und ich hatte weder die Fähigkeit noch das Wissen, um die magischen Räume zu stabilisieren. Was aber schlimmer war, das Notgeld, das uns Papa hiergelassen hatte, war unerreichbar geworden, da die magischen Räume sich schlossen und somit auch den Zugang zu Papas Geld. So verloren wir den luxuriösen Teil unserer Wohnung und wurden beschränkt auf die 40 Quadratmeter der Mietwohnung.

Ich hatte eine Schlafkammer, in die gerade mein Bett und ein Kleiderschrank passten. Auch das Wohnzimmer war klein. Nachdem von Papa kein Geld kam, reichte das Gehalt von Mama gerade für Essen und für die Monatskarte für Bus und Straßenbahn. Die Miete war schon ein Problem. Nachdem wir zwei Monate die Miete nicht bezahlt hatten, wurde unser Vermieter immer aufdringlicher und ungehaltener.

Wir suchten nach einer Lösung und fanden sie durch die Hilfe von Onkel Lucullus. Er nahm uns bei sich auf und ließ uns in einer kleinen Wohnung über seinem Restaurant wohnen. Wir mussten umziehen, fort aus Mamas geliebtem München, weg von meinen Freunden, denn Lucullus lebte und arbeitete in Merzig im Saarland. Mama fand eine Ganztagsstelle und so konnten wir uns über Wasser halten, denn Onkel Lucullus verlangte keine Miete.

Papa war nun schon seit drei Jahren fort, da fühlte sich Mama schlecht und schwach. Die Ärzte stellten Bauchspeicheldrüsenkrebs fest, und zwar so fortgeschritten, dass nichts mehr zu machen war. Nach nur zwei Monaten starb sie, völlig entkräftet und nur mehr Haut und Knochen. Jetzt war von meiner ganzen Verwandtschaft nur mehr Onkel Lucullus übrig. Papa verschollen, Mama tot, ich wollte nicht mehr leben.

Mein Leben war gänzlich ohne Hoffnung, ich fühlte mich völlig allein und dachte über eine gute Methode nach, mir das Leben zu nehmen. Mir fiel aber nichts Praktikables ein, ohne andere zu schocken und für ihr restliches Leben mit Alpträumen zu plagen. Vor ein Auto oder einen Eisenbahnzug zu laufen, kam daher für mich nicht in Frage. Onkel Lucullus machte sich große Sorgen um mich und versuchte, mir Sinn im Leben zu geben, damit ich weiter leben wollte.

Wichtig war, dass er mich als Sternekoch, der er war, unter seine Fittiche nahm und mir in der Küche die Möglichkeit gab, von ihm zu lernen. Das lenkte mich ab, denn Kochen, das hatte ich schon das ganze Leben lang gemocht. Schon mit zweieinhalb Jahren hatte ich einen Stuhl an den Herd geschoben, um Mama beim Kochen zu helfen. Später hatte ich dann im magischen Bereich von Papa die luxuriöse Küche bekommen, in der ich Rezepte ausprobieren konnte. Und nun half mir Onkel Lucullus das Kochen richtig zu lernen. Darüber wurde es ein bisschen leichter, den Verlust meiner Eltern zu tragen.

Dass ich je Magier wie mein Papa werden konnte, das hatte ich mir abgeschminkt. Das tat weh. Es war immer mein größter Wunsch gewesen, so wie mein Papa ein Magier zu werden, zaubern zu können und die magischen Weisheiten in aller Welt zu sammeln und nutzbar zu machen. Doch ohne Papa war ich abgeschnitten von der magischen Welt. Ich kannte keinen Magier, der mir helfen konnte und alleine würde ich die teilweise gefährlichen Kräfte der Magie nicht bändigen können. Ich hatte Angst, was wohl werden würde ohne magische Hilfe, sobald sich meine ererbten magischen Kräfte zeigen würden.

Dann kam im vergangenen Februar mein zwölfter Geburtstag. Onkel Lucullus versuchte, eine nette Feier daraus zu machen mit Torte und Kerzenausblasen und so. Doch fühlte ich an diesem Tag ganz besonders, wie mir Papa und Mama fehlten. Lucullus schenkte mir einen Satz hochwertiger Küchenmesser als Start für die zweitbeste Möglichkeit, mein Leben zu führen. Ich wollte Koch werden. Onkel Lucullus drückte mir einen Umschlag in die Hand, auf dem in Papas geschwungener Schrift stand: „Für meinen Sohn Eliha, zu öffnen an seinem zwölften Geburtstag."

Als ich den Umschlag öffnete, fiel ein seltsamer Schlüssel heraus, der an einem Lederriemen festgemacht war, der ohne Naht und ohne Knoten einen Kreis bildete. In das Auge des Schlüssels war ein grüner, durchsichtiger Stein eingefasst.

Dabei lag ein Brief mit folgendem Wortlaut:

„Lieber Eliha, wenn du diesen Schlüssel nicht aus meiner Hand erhalten hast, dann kann ich nicht bei dir sein. Entweder bin ich tot oder werde von magischen Wesen festgehalten. Ich schreibe diesen Brief unmittelbar vor meiner Abreise nach Tibet. Wenn du zwölf bist, werden deine magischen Fähigkeiten, die du von mir geerbt hast, anfangen sich zu entfalten. Da ich nicht bei dir sein kann, schicke ich dich zu einem alten Freund, der dir alles Nötige zeigen und einüben wird. Sei meinem Freund Meister Zaphenat Kakadu ein aufmerksamer und fleißiger Schüler."

Dann folgte eine Wegbeschreibung in den Bayerischen Wald und Anweisungen, wie ich den Schlüssel benutzen sollte, um in den magischen Bereich um Euren Turm zu gelangen, und da bin ich nun.

Kapitel 3
Elihas Grießbrei begeistert den Meister

„Das ist vielleicht eine Geschichte. Natürlich will ich dein Lehrer und Meister sein. Meinen Freund Isidor und seine Familie lasse ich niemals im Stich. Hätte ich von euren Problemen früher gewusst, so wäre ich schon früher zu euch gekommen, um zu helfen. Selbstverständlich bist du willkommen.

„Eliha, das Frühstück war nicht recht ergiebig, ich bin hungrig, und du?" „Ich könnte auch etwas vertragen."

Plötzlich hellte sich Kakadus Gesicht auf. „Du hast doch Kochen gelernt, hast du gesagt. Kannst du vielleicht einen besseren Brei zubereiten"? „Na klar", strahlte Eliha, „wenn Ihr noch Grieß, Milch, Salz und Butter habt mache ich sofort einen leckeren Frühstücksbrei." „Aber mein Brei war doch aus Grieß und Milch. Warum schmeckt er denn nicht?" „Es kommt zwar schon auf die Zutaten an, aber nicht nur. Auch das Wie spielt eine wesentliche Rolle."

Während er sprach, hatte Eliha einen Stieltopf genommen und etwas Milch hineingegossen. Eine Prise Salz folgte und dann maß er vier Esslöffel Grieß ab und rührte sie in die kalte Milch. „Warum misst du denn die Milch nicht ab?"

Fragte Meister Kakadu. „Ich habe den Grieß abgemessen. Für eine Person reichen zwei ganz leicht gehäufte Esslöffel aus. Wenn der Brei zu dick wird, füge ich noch Milch hinzu, aber nicht zu viel, denn wegnehmen kann ich sie nicht mehr, dazugießen ist aber leicht möglich. Jetzt muss ich den Brei zum Kochen bringen und dann mit weniger Hitze und unter ständigem Rühren noch eine Viertelstunde weiterkochen." Mit dem Schneebesen aus seiner Hosentasche rührte er den Brei anmutig aus dem Handgelenk, gab noch ein bisschen Milch dazu und bekam nach den 15 Minuten einen cremigen Brei.

Kakadu hatte längst sein völlig verunglücktes Frühstück beiseitegeschoben und neue Schüsseln auf den Tisch gestellt. Eliha verteilte den Brei auf die beiden Schüsseln und legte in jede ein Stück Butter in die Mitte. „Wenn man mag, kann man den Brei noch mit Zucker und Zimt verfeinern oder Instant-Kakao drauf streuen." Kakadu probierte vorsichtig die Kreation von Eliha. Schon nach dem ersten Löffel pries er die Meisterschaft seines neuen Lehrlings und beschleunigte den Takt, mit dem sein voll beladener Löffel immer wieder in seinem Mund verschwand, wobei er jedes Mal genussvoll die Augen zukniff. Nachdem er den letzten Rest aus seinem Teller gekratzt hatte, lehnte er sich behaglich zurück und meinte: „Mit dir wird das eine sehr harmonische Zusammenarbeit werden, Eliha."

"Ich habe da eine Frage, meinte Eliha nachdenklich. Warum zaubert Ihr Euch Euer Essen nicht einfach, da braucht Ihr nicht kochen zu können." Das könnte ich schon machen. Ich könnte einen Tisch durch einen Zauber zu einem Tischlein-Deck-Dich machen, aber das wäre unmoralisch," entgegnete der Meister. „Unmoralisch? Wunderte sich Eliha, „ja, warum denn?"

„Essen kann man nicht durch Zauberei herstellen, Essen muss man mit Liebe zubereiten. Man kann aber Speisen wie anderen Dingen, befehlen, herzukommen. Man klaut Essen mit einem Tischlein-Deck-Dich.

Vor vielen Jahren hat mir Jeremia, ein älterer Zauberer, ein Erlebnis erzählt, das wegen eines Tischlein-Deck-Dich fast tragisch ausgegangen wäre. Ich gebe die Geschichte so wieder, wie er sie mir erzählt hat." „Als ich seine Geschichte hörte, war ich sehr jung, es war kurz vor dem Ersten Weltkrieg im Jahr 1913, als wir uns in Bautzen in Sachsen trafen. Er stammte aus einer alten Magierfamilie, er war Sorbe und hieß Jeremia Dohontsch. Den Sorben liegt die Magie im Blut. Seine Geschichte erzählte er mir bei einem deftigen Mahl.

Kapitel 4
Jeremias Geschichte vom Tischlein-Deck-Dich

„Als sich die Geschichte mit dem Tischlein-Deck-Dich zugetragen hat, war ich ein ganz junger Hüpfer, so etwa 20 Jahre alt, und bildete mir sonst was ein wegen meiner Zauberkünste. Es war zu der Zeit, als die Österreicher gemeinsam mit Venedig gegen die Türken kämpften, 1716. Damals gab es die Vereinigten Staaten von Amerika noch nicht und mit Dampf angetrieben Schiffe oder eine Eisenbahn waren unbekannt.

Ich hatte einen Bekannten zu mir nach Hause eingeladen, um ihm ein kostbares und prachtvolles Schachspiel zu zeigen, das ich von einem russischen Fürsten zum Dank für magische Dienste erhalten hatte. Mein Bekannter, Jan van Huisen, war Soldat und Bursche, also so etwas wie ein Kammerdiener, eines preußischen Majors, der einige Monate im Auftrag seines Königs in Bautzen weilte.

Jan bewunderte mein Schachbrett aus grünem Chrysopras und weißem Milchquarz mit feinst geschnitzten Figuren aus grüner Jade und weißem Elfenbein. Unter dem Schachbrett gab es eine Lade, die man herausziehen konnte, um die Schachfiguren auf dunkelgrünen Samtpolstern sicher zu verwahren. Das Unterteil des Schachbretts war vergoldet und mit Jagdszenen geschmückt. Jan war beeindruckt.

Ich wollte ihn mehr beeindrucken und bot ihm ein Festmahl an mit Fasan, und das war ein kapitaler Fehler, der mir Kopfzerbrechen und Jan Leid brachte.

Das war so: Ich hatte mir aus Bequemlichkeit ein Tischlein-Deck-Dich geschaffen. Man musste nur an das Tischlein treten, die Hände auf die Tischkante legen und sagen: „Ich wünsche mir einen Fasan, Tischlein deck dich," und schon stand ein frisch gebratener Fasan auf dem Tischlein mit allen Beilagen. Der Haken bei der Sache war nur, dass man grundsätzlich, auch in der Magie, nicht etwas aus nichts schaffen kann. Die Magie, die ich dem Tischlein gegeben hatte, suchte in diesem Fall den nächstliegenden gebratenen Fasan. Mein Tischlein fand als erstes den gebratenen Fasan, den die Köchin gerade für ihren Herrn, den preußischen Major, der der Herr von Jan war, zubereitet hatte. Er stand auf dem Tisch und als sich die Köchin umdrehte, verschwand er. Die Köchin schimpfte mit dem Küchenjungen, der immer dumme Scherze machte und befahl ihm, den Fasan wieder herbeizuschaffen. Der Junge beteuerte, dass er nicht wisse, was mit dem Fasan passiert war und dennoch ließ die erboste Köchin ihren großen Kochlöffel auf seinem Rücken tanzen.

Inzwischen freuten sich Jan und ich über den schönen Fasan, der mit allen Beilagen vor uns stand und begannen zu schmausen. Für uns beide war der Vogel zu viel. Also schlug Jan eine Keule in ein Tüchlein und steckte sie in die Rocktasche. Das Unheil nahm seinen Lauf.

Als Jan zu seinem Herrn zurückkam, sprang ihn dessen Dalmatiner an und schnüffelte in seiner Rocktasche. Siehe da, eine Fasanenkeule fiel heraus. Jetzt war Jan als Dieb gefasst, der seinem Herrn das Essen stahl, noch dazu ein Essen, das Bediensteten niemals erlaubt war. Alle seine Beteuerungen halfen ihm nichts, er erhielt vom Hausknecht im Auftrag seines erbosten Herrn 15 Stockhiebe über den Rücken und danach wurde er die Kellertreppe hinuntergeworfen und eingesperrt. Die Hiebe waren nicht von schlechten Eltern, da der Hausknecht vom vielen Koffertragen für Gäste sehr stark war.

Jetzt war guter Rat teuer. Was konnte Jan tun, um sich vor dem Zorn seines Herrn zu retten. Es sah ganz danach aus, dass nach den Prügeln und dem Stoß über die Kellertreppe noch einiges äußerst Unangenehmes auf ihn zukommen würde. Ein Militärgericht mit weiteren Prügeln und wer weiß wie lange Haft in feuchten Gemäuern und danach eine unehrenhafte Entlassung aus dem Militärdienst. Spießrutenlaufen war eine Möglichkeit. Dabei musste der Verurteilte mit entblößtem Oberkörper langsam zwischen zwei Reihen Soldaten durchgehen, die ihm dabei heftige Schläge mit Haselruten auf den Rücken verpassten. Sehr schmerzhaft und im Extremfall tödlich.

Er wollte mich benachrichtigen und mit meiner Hilfe entkommen. Schließlich sei ich Zauberer und ich müsste wohl Wege wissen, ihn zu retten. Diese vermaledeite Protzerei mit meiner Zauberkunst! Draußen hörte er zwei Mägde reden. Er rief und eine ließ sich für seinen letzten Silbertaler als Belohnung überreden, mich aufzusuchen und mir von Jans Missgeschick zu erzählen. Sie fand mich und ich begann zu überlegen, wie ich Jan retten konnte, ohne die Sache schlimmer zu machen.

Eines war klar: Ohne Magie würde das nicht gehen. Auch war klar: In Bautzen, ja in ganz Sachsen und ebenso in Preußen konnte er nicht bleiben. Dort würde er als Fahnenflüchtiger verfolgt und schwer bestraft werden. Am besten würde er nach Österreich fliehen, das mit dem nahen Böhmen leicht zu erreichen war. Ein Glück war, dass Jan keine Familie hatte, das hätte alles noch viel schwieriger gemacht. Das war alles ganz alleine meine Schuld. Also musste ich ihn aus Bautzen fortbringen und ihm irgendwie eine neue Stelle von gleichem Wert verschaffen.

Zuerst aber musste ich ihn aus dem Keller herausholen, in dem er eingesperrt war. Ich wusste ja nicht, was sie mit ihm machen würden und wann. Ich hatte noch keine Zeit gehabt zu überlegen, wie ich ihn wegschaffen konnte und so wählte ich eine im Krieg zerstörte Mühle aus, die nur eine halbe Meile (ca 4km) von Bautzen entfernt lag. Dort wollte ich ihn verstecken, bis wir etwas Endgültiges machen konnten. Ich nahm ihn in meine Arme und mit einem Reisezauber transportierte ich uns augenblicklich in den Keller der verfallenen Mühle und reiste wieder zu mir nach Hause. Ich hatte riesigen Hunger, der Reisezauber hatte mich erschöpft. Bevor ich an etwas anderes denken konnte, musste ich erst anständig essen. Ich hatte aber nichts zu Hause. Schnell holte ich beim Bäcker drei große Brotlaibe und dazu zwei Pfund Käse. Die Hälfte aß ich gleich mit einem großen Krug Wasser dazu (Bier wäre mir lieber gewesen, aber dafür fehlte die Zeit). Und den Rest steckte ich in meine Reisetasche. Über meinen Überlegungen vergingen weitere zwei Stunden, bis ich wusste, was ich mit meinem armen Freund machen sollte. Als ich so weit war, waren sieben Stunden vergangen und es war bereits dunkel, als ich an der verfallenen Mühle ankam. Wie erschrak ich aber, als ich meinen Freund nicht in der Mühle fand, dafür aber zahlreiche Fußspuren von Männerstiefeln und Maultierhufen. Alle Anzeichen sprachen dafür, dass es sich um eine Diebesbande handelte, die Jan an den Meistbietenden versteigern würden. Damals gab es noch legalen Sklavenhandel. Die größte Zahl an Sklaven kam aus Afrika, doch handelten etwa arabische Piraten auch mit Europäern. Ein weißer Sklave wäre daher verkäuflich gewesen. Ich war mir sicher, dies würde das Schicksal von Jan sein und mir graute davor.

Mit Verfolgungszaubern war ich in so jungen Jahren noch nicht vertraut. Mit magischen Mitteln konnte ich Jan nicht finden, ich musste einen Spürhund besorgen und für die Fährtensuche einsetzen. Von Spürhunden verstand ich bereits in so jungen Jahren einiges. Ich hatte einen Freund, Juri hieß er, dessen Vater Spürhunde züchtete und trainierte. Juri verkaufte mir einen guten Fährtensucher namens Schnüffler, mit dem ich sicher der Bande, die Jan gefangen hielt, folgen konnte. Allerdings war es nicht möglich, schnelle magische Reisemethoden anzuwenden, da Schnüffler dabei die Spur verloren hätte.

Wir machten uns auf den Weg und folgten der Spur durch die ganze Nacht. Als es am Morgen hell wurde, sah ich in einiger Entfernung am Waldrand eine dünne Rauchsäule. Wir schlichen uns näher und fanden das verlassene Lager der Räuber. Sie waren beim ersten Morgenlicht weitergezogen. Erst später bemerkte ich, dass wir während der Nacht Sachsen hinter uns gelassen hatten und in Böhmen waren, in der Nähe von Sluknov.

Nach der anstrengenden Verfolgung der Bande war ich völlig erschöpft und Schnüffler ging es nicht anders. Wir teilten uns das restliche Brot und den Käse und legten uns zu einer kurzen Rast für ein paar Minuten nieder. Ich schlief tief und erwachte davon, dass mir eine nasse Zunge übers Gesicht leckte. Die Sonne stand bereits hoch am Himmel und wir hätten längst schon der Bande auf ihrer Spur folgen müssen. Wir eilten weiter, Schnüffler mit der Nase stets auf der Spur. Ein Glück war, dass die Bande nicht wusste, dass wir sie verfolgten, denn dann hätten Sie viele Möglichkeiten gehabt, uns in die Irre zu führen.

Es gelang uns bis zum späten Abend nicht, die Bande einzuholen. Inzwischen waren wir bei Jetrichovice, wo wir uns einen großen Laib Brot und ein schönes Stück Speck kauften. Anzeichen sprachen dafür, dass wir der Bande nähergekommen waren. Doch beide konnten wir vor Erschöpfung nicht mehr weiter. Wir übernachteten in einem Heuschober und nahmen am dritten Tag die Verfolgung wieder auf. Bei Srbská Kamenice führte uns die Spur zu einem Holzfällerlager im Wald. Doch von dort war die Bande schon wieder fort und wir verfolgten sie weiter, nachdem wir uns ausgeruht hatten. Am folgenden Tag erreichten wir die Bande, aber Jan war nicht dabei.

Ich überlegte, was mit Jan geschehen war. Unter einem Tarnmantel schlich ich mich ins Lager der Bande und belauschte zwei. Sie sprachen Tschechisch, aber als Sorbe konnte ich sie verstehen. Sie sprachen von den Arbeitssklaven, die sie im Holzfällerlager gegen gutes Geld verkauft hatten. Jetzt war klar, wo Jan steckte. Mit einem Reisespruch begaben wir uns unmittelbar vor das Holzfällerlager und suchten Jan. Im Lager war er aber nicht, er war irgendwo im Wald. Schnüffler konnte mir nicht weiterhelfen, da er den Geruch von Jan nicht kannte. Abends kehrten die Holzfäller erschöpft zurück. Einige von ihnen, die Sklaven, trugen Handschellen und waren mit einer Kette aneinandergebunden. Einer von ihnen war Jan. Er wirkte ausgehungert und total erschöpft. Mit Gewalt konnte ich ihn nicht herausholen, mit Zauberkraft war das auch nicht ratsam. Ich wartete, bis es dunkel war, der Mond würde erst später aufgehen. Heimlich löste ich Jans Fesselung und befreite auch die anderen Sklaven. Mit Jan schlich ich aus dem Lager und dann nutzte ich einen Reisespruch, der Jan und Schnüffler mit mir nach Bömisch Budweis brachte. Dort hatte ich einen guten Freund, dem ich Jan übergab. Mit seiner Hilfe wurde Jan als Händler mit Bergwerksbedarf wohlhabend und fand eine liebe Frau, mit der er zwei hübsche und fleißige Töchter bekam. Weder Sachsen noch Preußen konnten ihn dort fassen und so führte er ohne Angst ein behagliches Leben."

Meister Kakadu hielt einen Augenblick inne. „Verstehst du, warum ich mit einem Tischlein-Deck-dich nichts zu tun haben will? Das ist unehrlich und bringt nur Schwierigkeiten mit sich. Da esse ich lieber das Zeug, das ich selbst zustande bringen kann, auch wenn es nicht schmeckt." „Von jetzt an habt Ihr jedenfalls einen Koch und das Essen wird in Zukunft lecker schmecken" meinte Eliha zuversichtlich. „Und jetzt will ich Zaubern lernen."

Kapitel 5
Erste Schritte

„Leider muss ich dich enttäuschen. Zuerst brauchst du ein bisschen Theorie, sonst wird die Zauberei zu gefährlich. Hör zu.“

Die nächste Viertelstunde erklärte Kakadu die Grundlagen des magischen Universums. Die magische Welt lebt von Energie und Phantasie. Um Magie zu betreiben, muss ein magisches Wesen Energie lenken können. Die Physik mit ihrem grundlegenden Gesetz der Energieerhaltung gilt auch für die Magie.

Wenn ein Magier mit der Kraft seines Geistes eine Last anheben will, dann braucht er dazu Energie. Wenn er den Staub der Erde zu etwas anderem formen will, dann braucht er dafür Energie, wenn er ein Licht anzünden will, ohne dafür Brennstoff zu haben, dann braucht er dafür Energie. Die Kunst des Magiers besteht darin, diese Energie zu lenken und zu kanalisieren, so dass sie seinen Zwecken dient. Tut er das nicht, so wird beim Zaubern seine eigene Energie angezapft. Im schlimmsten Fall führt dies zu tödlicher Erschöpfung. Das gilt für alle Wesen, die zu Magie fähig sind. Sie können die Energie in den Dingen fühlen und für ihre Zwecke lenken. Bei magisch veranlagten Menschen entwickelt sich das Gefühl für die innere Energie und Macht der Dinge normalerweise im zwölften Lebensjahr. „Eliha, kannst du die Energie spüren, die in den Dingen steckt?" Fragte Kakadu seinen neuen Lehrling. Der schaute seinen Meister nur verständnislos an und schüttelte den Kopf.

Kakadu zündete eine Kerze an und stellte sie vor Eliha auf den Tisch. „Versenke deine Gedanken und Gefühle in die Kerzenflamme und erfühle ihre Energie. Spüre dich hinein in die Helligkeit der Flamme und ihre Wärme." Eliha folgte seinem Meister und versuchte, die Energie der Kerzenflamme zu erfühlen.

Zehn Minuten saß er da, aber nichts geschah. Er sah einfach eine Kerzenflamme und versuchte krampfhaft, etwas Ungewöhnliches zu fühlen. So sehr trachtete er danach, dass er die Fäuste ballte, bis seine Fingerknöchel weiß und sein Gesicht rot wurde. „Nicht so," flüsterte Meister Kakadu, „du musst dich entspannen. Mache dich ganz locker und lade die Flamme ein, zu dir zu sprechen. Ganz sanft musst du das tun, ganz entspannt." Eliha lehnte sich zurück, öffnete seine Fäuste und hörte auf, die Flamme bezwingen zu wollen. Mit einem geistigen Streicheln lud er die Flamme ein, zu ihm zu sprechen. Erstaunt riss er die

Augen auf, die Flamme sprach zu ihm. Er fühlte ihre Energie aus Licht und Wärme zu einem wunderschönen Geflecht verbunden. Er fühlte eine Bereitschaft der Flamme, sich ihm zu unterwerfen und ihm zu dienen. Erstaunt ließ Eliha die Flamme los. Er sprang auf, hüpfte in der Küche herum und schrie: „Ich habe die Flamme gespürt, sie wollte sich mir unterwerfen. Ich bin ein Zauberer, ich bin ein Zauberer!"

Kakadu bremste seinen ungestümen Lehrling: „Ein Zauberer bist du noch lange nicht. Um einer werden zu können, musst du eine große Menge darüber lernen, wie das Universum funktioniert. Heute hast du zum ersten Mal erfahren, dass die Dinge um uns her alle einen Geist haben, eine Intelligenz. So eine Kerzenflamme ist nicht gerade die Hellste, aber sie kann dich erkennen als einen überlegenen Geist. Daher will sie dir dienen. Du kannst die Flamme von ihrer Kerze trennen, musst ihr dann aber eine andere Energiequelle zur Verfügung stellen. Wenn du das nicht tust, dann nimmt sie die Energie einfach von dir und schwächt dich dadurch. Bei einer so kleinen Kerzenflamme ist das nicht gefährlich. Die Energie, die sie in einer Stunde braucht, kannst du locker mit einer Leberkässemmel abdecken, denn die Flamme braucht nur rund 800 Kilojoule

Energie pro Stunde. Eine anständige Leberkässemmel liefert dir sogar ein bisschen mehr als das.

Bevor du weiter magische Kraft anwenden sollst, musst du zuerst gründlich lernen, wie du die notwendige Energie für deine magischen Aktionen bekommst. Wenn du das nicht tust, bist du in Lebensgefahr.

Vor vielen Jahren hatte ich einen Lehrling aufgenommen. Mit seinen zwölf Jahren meinte er, er wäre der perfekte Magier und die Elemente würden ihm einfach so gehorchen und da er die Welt auf der magischen Ebene beherrschte, wie er meinte, zauberte er sofort los, ohne auf Sicherheit zu achten.

 Die Jahrtausende alte Regel, dass man einen Zauber, den man noch nicht kennt, niemals allein, sondern nur zusammen mit einem zweiten Magier durchführen soll, beachtete er nicht. Als ich fortgegangen war, kam er auf die Idee, einen riesigen Feuerball zu schaffen, der durch den Wald rollte, und alles auf seinem Weg verbrannte. Er hatte aber gemeint, er müsse sich keine Energiequelle sichern, und so nährte sich der Feuerball von seiner Energie. In kurzer Zeit war sein Energievorrat aufgebraucht und er fiel entkräftet zu Boden. Er konnte seine Verbindung zur Feuerkugel nicht lösen, denn das hatte er noch nicht trainiert, er hielt das für unnötige Zeitverschwendung. Daher saugte ihn der Feuerball völlig leer.

Als ich zurück kam, fand ich einen total abgebrannten Berghang vor und mein ach so kluger Lehrling lag als vertrocknete Mumie in Babygröße vor der Tür des Turmes. Lerne zuerst die Dinge, die für deine Sicherheit unverzichtbar sind, auch wenn es eher langweilige Dinge sind. Dann kannst du spektakuläre Zauber ausprobieren. Doch zaubere nie alleine, bevor ich dir das erlaube!

„Für heute machen wir Schluss mit der Magie. Kannst du mir jetzt etwas Gutes kochen?" „Das kommt ganz darauf an, was du an Lebensmitteln im Haus hast. Lass mal sehen" Kakadu führte seinen Lehrling durch die Küche in die Speisekammer. Dort fand sich nur etwas Mehl, etwas Weizengrieß, drei zwei Tage alte Semmeln, 4 Eier, ein Stück ausgetrockneter Käse und ein Stück geräucherte Wurst, so wie ein Bündel etwas schlappe Karotten und einige ausgewachsene Zwiebeln. Außerdem gab es einen Krug mit Ziegenmilch. An Gewürzen waren nur Salz und Pfeffer zu finden.

Eliha nahm die Zwiebeln und die Karotten, gab sie in einen Kochtopf und übergoss sie mit einem Liter Wasser. Diese Mischung erhitzte er auf dem Herd bis zum Sieden und ließ sie vorsichtig simmern. Während das Gemüse kochte, schnitt er zwei Semmeln und die Wurst in kleine Würfel. Er fügte warme Ziegenmilch hinzu und ließ die Mischung etwa 15 Minuten zugedeckt ziehen.

Nachdem das Brot erweicht war, fügte er zwei Eier hinzu und etwas Mehl. Die Masse wurde durchgeknetet und mit befeuchteten Händen zu Knödeln geformt. Nachdem das Gemüse etwa eineinhalb Stunden gezogen hatte, wurde es abgeseiht. Die Knödel wurden in die Gemüsebrühe gelegt, die mit Salz abgeschmeckt worden war. Die Knödel ließ Eliha zehn Minuten ziehen. Fertig waren passable Tirolerknödel.

Meister Kakadu war begeistert, Eliha war nicht ganz zufrieden. Seiner Meinung nach war die Zutatenliste etwas mangelhaft. Daher wollte er die Speise nur als Not-Tirolerknödel durchgehen lassen. Kakadu, gewohnt an sein extrem mangelhaftes Kochen war äußerst zufrieden. Eliha drängte darauf, möglichst rasch einen größeren Lebensmittelvorrat zu beschaffen.

Die beiden gingen nach dem Essen Einkaufen. Dazu benutzten Sie einen Reisezauber., mit dem Kakadu sie in ein Waldstück bei Cham brachte, natürlich in der Menschenwelt und nicht im magischen Bereich, denn nur in der Menschenwelt gibt es Lebensmittelgeschäfte. Dort landeten sie unbemerkt und marschierten zum nächsten Supermarkt, um Vorräte einzukaufen. Sie packten alles in eine Zaubertasche. Das ist eine Tasche, in der viel mehr Platz findet, als es von außen aussieht. Man kennt eine solche Zaubertasche von Mary Poppins, die sogar einen Kleiderständer und einen Gummibaum darin unterbringen konnte.

Eliha sorgte für Grundnahrungsmittel, Gewürze und Küchenkräuter zum Einpflanzen. Außerdem erstellte er einen Speiseplan für die ganze Woche, wofür er die Zutaten kaufte.

In Kakadus Turm zurück, fragte er Kakadu: „Wo ist denn dein Kühlschrank, damit uns das Fleisch nicht schlecht wird?" „Maschinen habe ich nicht, also auch keinen Kühlschrank, aber ich kann ein magisches Zeitfeld errichten, in dessen Bereich die Zeit sechzig Mal langsamer vergeht.

Kakadu stellte sich vor einen Hängeschrank in der Küche, breitete die Arme aus und schloss die Augen. Zwischen seinen Händen erschien ein grüner Schimmer, der immer stärker wurde, bis Eliha geblendet die Augen schloss. Gleichzeitig entstand ein Summen, das sich zu einem äußerst unangenehmen Winseln steigerte und schließlich abbrach. Eliha öffnete die Augen konnte aber keine Veränderung bemerken. „Lege alle verderblichen Sachen in diesen Schrank, sie werden frisch bleiben. Wenn hier im normalen Raum zwei Monate vergangen sind, dann ist im Schrank erst ein Tag vorbei. Jetzt bin ich aber erschöpft. Ein Zeitfeld ist keine Kleinigkeit. Ich lege mich eine Stunde hin. Inzwischen koche du uns etwas Kräftiges und Leckeres.

Eliha bereitete eine Kartoffelsuppe. Er nahm sechs mittelgroße Kartoffeln, eine Karotte, eine Zwiebel sowie grobe Wurst. Er entschied sich für Cabanossi. Eliha schälte und schnitt die Kartoffeln in Würfel, teilte die Karotte in dünne Scheiben, schälte und würfelte die Zwiebel und schwitzte in etwas Öl die Zwiebel goldgelb an. Dann goss er mit ungefähr einem Liter Wasser auf, fügte Suppenpulver, Kümmel und viel Majoran bei und brachte die Mischung zum Kochen Er schnitt die Cabanossi in mundgerechte Würfel und kochte sie mit. Nach einer halben Stunde war die leckere Suppe fertig. Kakadu war, wie immer, begeistert.

Kapitel 6
Eliha lernt die Kräfte des Wassers kennen

Kakadu schob seine Breischüssel zurück und bemerkte: „Dein Brei macht mir jeden Morgen Freude. Heute sollst du dich mit der Kraft des Wassers beschäftigen. Wasser ist für Magier ein sehr vielseitiges und bedeutendes Hilfsmittel."

Eine halbe Stunde wanderten sie, bis sie an eine hoch aufragende Geländestufe kamen, von der fast hundert Meter hoch ein Wasserfall im freien Fall herunter donnerte. Das war das Ziel ihres Marsches. „Wie du es gestern mit der Flamme getan hast, so höre mit deinem Geist hinein in den Wasserfall und erkenne seine Kraft und seinen Willen."

Eliha stellte sich mit vor der Brust verschränkten Armen vor den Wasserfall und schloss die Augen. Seine Gedanken näherten sich dem Wasserfall. Zunächst vernahm er in seinem Kopf nur ein unverständliches Plappern eines zufriedenen Wesens, das mit sich und seiner Umwelt im Einklang stand.

Elihas Geist näherte sich weiter dem Wasserfall, da hörte das Plappern auf und es blieb reine, erstaunte Stille. Schließlich fühlte Eliha Erstaunen und große Ehrfurcht. „Oh mächtiger Magier, wie groß ist die Ehre, dass du mit mir nichtswürdigem Wasserfall in Kontakt getreten bist." „Ach Wasserfall, du denkst, ich sei groß. Doch ich bin klein und unwissend. Es ist erst der zweite Tag, dass ich meine magischen Fähigkeiten kennenlerne. Ich bin ein kleiner, unwissender Zauberlehrling, der dich um deine Hilfe bittet.

Kannst du mir von deiner Energie abgeben, damit ich meinen Zauber vollbringen kann?" „ Lass mich nur fühlen, wieviel du brauchst und wenn es in meiner Macht steht, gebe ich dir gerne." Eliha trennte seinen Geist vom Wasserfall und wandte sich an Meister Kakadu: „Was soll ich jetzt machen? Der Wasserfall hat mir deutlich gemacht, dass er mir gerne von seiner Energie abgibt."

„Ein Wasserfall kann dir auf zweierlei Weise Energie geben. Auf der einen Seite kann er dir von der Bewegungsenergie geben, die er durch den Fall erhält oder er kann dir von seiner Wärme abgeben. Beim Auftreffen enthält ein Liter Wasser im Wasserfall, der 95 Meter Fallhöhe hat, 932 Joule, die du vollständig nutzen könntest. Damit kannst du beispielsweise einen Stein von über 84 kg auf Höhe deines Kopfes heben.

Das kannst du allerdings auch mit der Energie, die man aus einer Viertelsemmel erhält, zustande bringen. Wenn du es nicht schaffst, die Energie aus dem Wasserfall zu nehmen, so ist das für solche Magie nicht gefährlich für dich.

Wenn du allerdings ein Gewitter brauen möchtest, dann musst du ganz sicher sein, dass du mit einem Energielieferanten verbunden bist. Deshalb üben wir das jetzt zunächst in ungefährlichem Maßstab." „Und wie mache ich das?" „Das kann man nicht erklären, das musst du erfühlen. Diese Fähigkeit, Energie zu fühlen, macht dich zum magischen Wesen. Normale Menschen können das nicht."

Eliha stellte sich wieder mit geschlossenen Augen vor den Wasserfall und versuchte, mit seinem Gefühl dessen energetische Struktur zu erfassen. Wie vorher spürte er Ehrfurcht und Hilfsbereitschaft. Nun aber konzentrierte er sich darauf, das energetische Wesen des fallenden Wassers zu erfassen. Allmählich veränderte sich seine Wahrnehmung und erfasste die Veränderung der Energie, die von Lageenergie zu Bewegungsenergie wurde und am Ende zum Zerkleinern des Gesteins im Tosbecken und zu einer minimalen Erwärmung des Wassers führte. Sein Geist nahm von der Energie ein wenig und leitete sie in einen Felsblock, der begann, in einigen Zentimetern Höhe zu schweben und sich langsam vorwärts zu bewegen.

. Der Stein wackelte ein wenig und plumpste dann auf den Boden. Eliha freute sich unbändig und da riss die geistige Verbindung mit dem Wasserfall und mit dem Stein ab. „Ich habe einen Stein schweben lassen" jubelte er. Meister Kakadu zeigt sich nicht beeindruckt. „in einer Woche wirst du mit deiner Magie noch viel mächtigere Dinge vollbringen."

Diese Zauberei ging nicht so reibungslos vonstatten, wie es sich hier liest. Immer wieder bewegte Eliha den Stein mit seiner Zauberkraft. Immer wieder verlor er die Verbindung entweder zum Stein oder zum Wasserfall und der Stein plumpste zu Boden. Nach vielen Stunden hatte er die Sache im Griff. Er konnte die Verbindung mit dem Wasserfall und mit dem Stein sicher und ohne große Anstrengung halten.

Es war schon fast Abend, die Täler lagen wegen der tiefstehenden Sonne bereits im Schatten, als Kakadu meinte: „Du hast heute recht guten Fortschritt gemacht. Jetzt wollen wir nach Hause gehen und etwas Leckeres essen. Hast du ein schnelles Rezept? Morgen lernst du, die Wärme des Wassers zu nutzen."

Die beiden waren sehr hungrig, also musste die Speisenzubereitung schnell sein. Eliha entschied sich,

Liptauer zu machen und dazu gekochte Kartoffeln zu reichen. Zuerst setzte er vier mittelgroße Kartoffeln in Wasser auf, um sie gar zu kochen. Dann nahm er 250 g fetten Quark, gab fein gewürfelte Zwiebeln dazu sowie Salz, Kümmel und Paprikapulver. Die Masse rührte er zusammen und ließ sie ziehen, bis die Kartoffeln gar waren.

Kakadu war wieder voll des Lobes, doch Eliha wiegelte ab: „Eigentlich sollte der Liptauer noch bis morgen ziehen. Du kannst ja morgen zum Brot die Reste versuchen. Du wirst sehen, dann schmeckt er noch viel besser." Bis sie mit dem Essen fertig waren, war es dunkel geworden und Eliha zog sich zurück. Die ständige Konzentration beim Zaubern hatte ihn sehr ermüdet.

Am nächsten Morgen war Eliha früh auf. Er wollte Meister Kakadu gerne mehr von seiner Kochkunst zeigen. Als Hauptmahlzeit plante er Tirolerknödel in Rinderbrühe. Zum Frühstück aßen sie den restlichen Liptauer auf Brot und tranken dazu Ziegenmilch. Kakadu staunte, wieviel besser der Liptauer über Nacht geworden war.

Schon vor dem Frühstück hatte Eliha Rindfleisch (von der Hochrippe, mit dem Knochen) in einen großen Kochtopf gegeben, dazu grob zerteilte Karotten, Sellerie, Lauch und Zwiebeln, wobei er die ausgewachsenen mit grünen

Blättern bevorzugte. Er fügte noch eine Wacholderbeere dazu und bedeckte alles mit eineinhalb Litern Wasser. Dann erhitzte er die Brühe, bis sie leicht simmerte, und ließ sie für drei Stunden in diesem Zustand. Eine halbe Stunde vor Kochende kamen noch einige Liebstöckelblätter dazu. Das Gemüse wurde herausgesiebt und die Suppe mit einem leicht gehäuften Esslöffel Suppenpulver fertiggestellt.

Inzwischen schnitt er zwei Tage alte Semmeln (sie hatten zwei Tage zuvor etwas zu viele eingekauft). Dann schnitt er Bauchspeck in kleine Würfel und gab sie zu den geschnittenen Semmeln. Dazu kam heiße Milch und dann durfte die Mischung ziehen, um die Milch gleichmäßig im trockenen Brot zu verteilen.

Nach einer Stunde Ruhezeit gab Eliha zwei Eier dazu und ein wenig Mehl. Die Masse wurde zusammengeknetet und Kugeln daraus geformt. Nach dreistündiger Kochzeit wurde die Suppenbrühe abgeseiht und mit Suppenpulver gewürzt. Die Knödel wurden 20 Minuten in der nahezu kochenden Suppe ziehen gelassen.

Kakadu war selig, so ein gutes Essen zu bekommen. „Das sind jetzt die richtigen Trolerknödel, voriges Mal war das nur eine Notlösung mit dem was da war,"meinte Eliha zufrieden. Er war jetzt gegenüber Kakadu zum Du übergegangen, ein

Meister zum anderen, Eliha in der Küche, Kakadu in der Magie.

Wegen der langwierigen Kocherei begannen sie erst nach dem Mittagessen mit dem Zauberunterricht. Diesmal war es einfacher. Eliha musste lernen, wie er dem Wasser Wärme entziehen und für seine Aktionen nutzen konnte. Das ging ziemlich schnell. Geübt wurde zu Hause mit einem Wassereimer. Eliha lernte, wie viel mehr Energie er durch das Einfrieren des Wassers entnehmen konnte, als es durch bloßes Abkühlen möglich war. Abkühlen brachte für ein Kilogramm 4,19 Kilojoule, während Einfrieren 333,5 Kilojoule Energie lieferte. Wärmeumwandlungen bringen rund das zehnfache als die Nutzung von Bewegung.

Es gibt aber auch magische Prozesse, in denen Energie freigesetzt wird. Ein unachtsamer Magier, der das nicht in sein Handeln einbezieht, steht in Gefahr, dass er sich selbst zu Tode heizt. Er muss immer darauf achten, in einer solchen Situation eine Möglichkeit zu haben, Energie abzuleiten. Das Mächtigste ist dabei Wasser, das Verdampfen kann. Die Verdampfung von einem Kilogramm Wasser braucht 2257 Kilojoule.

Kapitel 7
Segen und Tücken der Animation

Nachdem Kakadu der Meinung war, Eliha beherrsche die Nutzung der Wärme des Wassers ausreichend, um sich nicht selbst zu schädigen, gingen sie an die Bereitung des Abendessens. Das heißt, Eliha kochte und Kakadu saß voll Erwartung daneben.

Eliha machte aus dem gekochten Rindfleisch einen Fleischsalat. Er schnitt das Rindfleisch quer zur Faser in feine Scheiben, fügte hauchdünn geschnittene Zwiebelringe dazu, kochte eine Karotte und ein Stückchen Sellerieknolle bissfest und schnitt beide in feine Scheiben, dazu kamen feine Scheibchen von eingelegten jungen Gurken. Pfeffer und Salz, etwas geriebener Meerrettich und zwei Löffel Suppenbrühe folgten. Großzügig Weinessig und etwas Öl vollendeten das Werk. Dazu reichte Eliha dunkles Roggenbrot. Zum Trinken nahmen die beiden klares, kühles Wasser. Es erübrigt sich fast, zu sagen, Kakadu war begeistert. Gewöhnt an seinen unsensiblen Fraß, war es für Eliha leicht, seinen Meister kulinarisch zu begeistern.

Am nächsten Morgen gab es wieder Grießbrei und diesmal ging der Zauberunterricht gleich nach dem Frühstück los.

„Gestern abends bestand dein Kochen fast nur darin, Zutaten klein zu schneiden. Ich denke, da sollten wir jetzt zu magischer Arbeitsvereinfachung schreiten," begann der Meister seinen Unterricht. Er erklärte, dass ein Magier ein

Werkzeug beleben kann, sodass das Werkzeug selbständig weiterarbeiten konnte. Es liegt auf der Hand, dass ein Messer, ein Schneebesen oder Kochlöffel nicht besonders intelligent sind und daher klare Anweisungen für sich wiederholende Handlungen brauchen, um funktionieren zu können. Wenn man sie alleine arbeiten lassen will, muss man ihnen einen klaren Schlussbefehl geben, sonst arbeiten sie einfach weiter, was oft recht zerstörende Auswirkungen haben kann. Kakadu zitierte als Warnung ein Gedicht von Johann Wolfgang von Goethe mit dem Titel ‚Der Zauberlehrling' Darin beschwört der Lehrling einen Besen, an seiner Stelle Wasser zu tragen. Da der Lehrling nicht weiß, wie man den Zauber stoppt macht der Besen immer weiter, bis das Haus komplett unter Wasser steht. Die Rettung bringt dann der alte Meister, der natürlich weiß, wie man dem Spuk ein Ende setzt.

„Goethe kannte das nur vom Hörensagen und hat einige Dinge nicht ganz richtig hingekriegt. Für einen solchen Animationszauber braucht man keinen Kopf am Werkzeug. Das Werkzeug arbeitet auf Befehl so, wie es ist. Zuerst muss man das Werkzeug animieren, das heißt, man muss seine Seele, seine sehr simple Seele freisetzen. Dann muss man ihm die Arbeit zeigen und befehlen. Danach muss man die Schlussbedingung sagen, also was passieren muss, damit die Animation beendet wird", erklärte Meister Kakadu.

Man muss das betreffende Werkzeug, das selbständig arbeiten soll in der Hand halten, in unserem Fall das Messer, und laut sagen ‚discis intente' dann führt man die Arbeit durch. Man schneidet eine Zwiebel so, wie man sie haben möchte und sagt dann ‚esse labor' gefolgt von der Schlussbedingung, ‚usque ad keine Zwiebeln mehr'. Die Schlussbedingung kann auf deutsch formuliert werden, wenn das nachfolgend deklariert wird mit dem Wort ‚aleman'. Das animierte Werkzeug sucht nicht anderswo nach weiterer Arbeit. Mit den Zwiebeln geht das so lange, bis keine Zwiebeln mehr im Raum sind.

Nach diesen Erklärungen meinte Eliha: „Das beschleunigt die Zubereitung von Gulasch enorm. Wäre das nicht etwas besonders Gutes für heute? Ist es dir recht, wenn wir Gulasch mit Reis machen?" „Gulasch mag ich eigentlich nicht, aber ich vertraue deinen Kochkünsten."

Eliha holte ein halbes Kilo Schweinefleisch und ein halbes Kilogramm Zwiebeln Dazu legte er noch vier Knoblauchzehen, eine Packung Paprikapulver edelsüß. Chilipulver, Salz, eine Gewürznelke und zwei

Wacholderbeeren sowie eine Tube Tomatenmark und eine Packung Langkornreis.

Zuerst wollte er das Fleisch aufschneiden. Er legte ein Schneidbrett vor sich auf den Tisch, nahm ein großes Messer in die Hand und sagte „DIscis intente", schnitt eine Scheibe vom Fleisch aber und zerteilte die Scheibe in gleichmäßige Würfel. Dann sagte er „esse labor", gefolgt von der so wichtigen Schlussformel „usque ad kein Fleisch mehr aleman".

Eliha trat einen Schritt zurück und das Messer tanzte wie ein Wirbelwind auf dem Schneidbrett. Im nu war das Fleisch gleichmäßig zerteilt. Und das Messer lag daneben, als ob nichts geschehen wäre. Der junge Zauberer freute sich: „So macht das Kochen gleich noch mehr Spaß. Und jetzt die Zwiebeln. Weißt du Meister, für ein gutes Gulasch muss man ebensoviel Zwiebeln nehmen, als man Fleisch hat" Eliha machte sich bereit, die zweite Aufgabe für das animierte Messer zu formulieren. Er nahm es in die Hand, sagte „discis intente", schälte eine Zwiebel und schnitt sie in feine Würfel. Dabei achtete er darauf, dass er den Wurzelansatz wegschnitt. Dann folgten die Worte „esse labor" und die Schlussbedingung „usque ad keine Zwiebeln mehr aleman".Das Messer legte wieder los. In weniger als einer halben Minute waren die Zwiebeln geschält und geschnitten, die Schale auf einem extra Haufen und die gewürfelten Zwiebeln auf dem Schneidbrett.

Jetzt dünstete Eliha die Zwiebeln in etwas Öl goldgelb an. Gleichzeitig briet er das Fleisch in einem zweiten Topf braun an. Er gab die Zwiebeln zum Fleisch, fügte zwei gehäufte Esslöffel Paprikapulver hinzu und einen halben Teelöffel Chilipulver, rührte um, und goss mit einem viertel Liter Wasser auf dann fügte er die fein zerriebene Nelke und die Wacholderbeeren und Salz hinzu sowie den fein gehackten Knoblauch und ein wenig Tomatenmark. Die Mischung ließ er auf kleiner Flamme für 90 Minuten köcheln.

Inzwischen bereitete er den Reis vor. Er nahm zwei Tassen Wasser und kippte sie in einen Topf. Dazu kam etwas Salz und das Wasser wurde zum Kochen gebracht. Als das Wasser zu sieden begann fügte er eine Tasse abgespülten Reis hinzu, rührte um, setzte einen Deckel darauf und ließ den Reis ohne weitere Hitzezufuhr für 40 Minuten quellen.

Wie immer war Kakadu begeistert. Dein Gulasch ist ja viel besser, als jedes das ich bisher kennengelernt habe". „Warte nur bis du morgen die aufgewärmten Reste probiert hast. Gulasch wird noch besser, wenn man es wieder aufwärmt."

Kapitel 8
Heil- und Zauberkräuter

Satt und zufrieden saß Kakadu vor seinem leeren Gulaschteller und meinte: „Ich denke, es ist Zeit, dass du die wichtigsten Dinge über Heil- und Zauberkräuter lernst. Dafür gehen wir hinüber zur Burgl, meiner Nachbarin. Sie ist ausgebildete Kräuterhexe. Sie kennt sich mit den Kräutern, ihrer Zubereitung und Verwendung sehr gut aus, viel besser als ich. Sicher ist sie bereit, dir die Grundlagen beizubringen. Komm, gehen wir hinüber, ich stell dich ihr vor.

So gingen die beiden die wenigen hundert Meter hinüber zur blendend weiß gekalkten Almhütte mit leuchtend roten Geranien vor den beiden winzigen Fenstern und ein Heuboden aus silbrig verwittertem Fichtenholz, gedeckt mit ebenfalls altersgrauen Lärchenschindeln.

Auf ihr Klopfen erschein ein kleines Weiblein, nicht größer als Eliha mit seinen zwölf Jahren. Über roten, gutmütigen Apfelbäckchen leuchteten zwei freundliche Augen von bernsteingelber Farbe. Auf dem Kopf trug sie einen Haarkranz aus einem sorgfältig geflochtenen silbergrauen Zopf. Bekleidet war sie mit einem blau-weiß gestreiften

Arbeitsdirndl mit einer grauen Schürze. An den nackten Beinen staken grobe Holzschuhe. An ihren sehnigen Armen war zu erkennen, dass Burgl schwere Arbeit keineswegs fremd war.

„Lächelnd reichte sie Eliha die Hand und begrüßte ihn: „Gespürt habe ich dich schon, gesehen noch nicht. Du bist also der neue Lehrling von Meister Kakadu. Du bist ganz schön stark, denn ich habe deine Magie gespürt. Jetzt komm erst mal herein. Wie immer mit seinen Lehrlingen will Kakadu, dass ich dir beibringe wie man mit magischen Kräutern umgeht." Das war leichter als gedacht und Eliha mochte die alte Kräuterhexe, die nach ihren Ziegen roch, von Anfang an gut leiden. Von nun an trainierte Eliha mit Meister Kakadu die richtige Anwendung verschiedener Energieformen. Am späten Vormittag bereitete er ein köstliches Mahl und am Nachmittag saß er mit Burgl an ihrem massiven Stubentisch und lernte über die besonderen Eigenschaften eines jeden Krautes und seine Magie. Er lernte, dass jedes Kraut in irgend einer Weise der Gesundheit dient, oftmals auch als Gewürz, das besonderen Wohlgeschmack verbreitet. Burgl zeigte Eliha die giftigen Kräuter und deren Gefahren. So lernte er, dass giftige Kräuter besonders mächtige Magie beinhalteten. Er lernte, dass man aus unterschiedlichsten Kräutern ihre magischen Fähigkeiten freisetzen konnte, indem man sie zu besonderen Zeiten erntete und dabei den einzig für diesen Zweck geschaffenen Zauberspruch sang. Das Thema war nicht schwierig für den jungen Magier, denn viele Kräuter hatte er schon von seinem Onkel Lucullus in ihrer Eigenschaft als Würzmittel kennengelernt.

So verging Tag um Tag, Woche um Woche und Eliha nahm zu an magischem Verständnis und magischer Kraft. Er vermehrte sein Pflanzenwissen in Sachen Würzkraft, Heilkraft und magischen Anwendungen. Der blütenreiche Frühling machte Platz für den Sommer mit seinen Beeren und Ähren und schließlich kam der Herbst mit seinen schwer mit Früchten beladenen Bäumen. Ende November, als alle Früchte geerntet waren und alle Blätter vom Winde verweht, meinte Burgl: „Jetzt hab ich dir alles beigbracht, was ich über Pflanzen weiß, einschließlich ihrer Verwendung zum Würzen, zum Heilen und zum Zaubern.

Jetzt musst du mir beweisen, dass du alles verstanden hast. Zur Probe bereitest du für mich eine heilende Kräutersalbe, die die Heilung von Knochenbrüchen beschleunigt und einen Zaubertrank, der verursacht,dass man jede Frage wahrheitsgemäß beantworten muss, ob man will oder nicht."

Eifrig ging Eliha ans Werk. Zuerst wollte er das Heilmittel herstellen, das nur ein ganz kleines bisschen Magie enthalten sollte. Da für die meisten Kräuter nicht die rechte Zeit zur Ernte war, durfte er sich an den Vorräten von Burgl bedienen. Für die Salbe brauchte er Beinwellwurzeln, mit kochendem Wasser übergossen und zwei Stunden ziehen lassen, Arnikablüten, mit kaltem Wasser übergossen und 24 Stunden ziehen gelassen sowie Tollkirschensaft, aus den Beeren mit einem Tuch ausgepresst und Kalksteinmehl. Als Trägermaterial kann Butterschmalz oder Schweineschmalz dienen. Eliha entschied sich für Butterschmalz aus Ziegenmilch.

Für Eliha war dies ein einfaches Rezept, bei dem er nur wenig magische Kraft beigeben musste, indem er einen Zauberspruch der Heilungsbeschleunigung sang, während die Beinwellwurzel kochte. Am Schluss musste er alle Zutaten zusammenrühren und fertig war eine machtvolle Heilsalbe,, die Knochenbrüche in zwei Wochen vollständig heilte, wenn der Verletzte zur Salbe dazu jeden Tag 30 Minuten nackt in der Sonne lag.

Aufgabe eins war innerhalb von zwei Tagen erledigt und Burgl zeigte sich mit den Kenntnissen ihres Schülers sehr zufrieden.

Das Wahrheitsserum war da schon wesentlich heikler. Damit so eine starke Magie funktionierte, mussten mehrere Zutaten einzeln vorbehandelt werden, immer mit dem richtigen Zauberspruch dazu und zur richtigen Uhrzeit, dazu war immer noch der Stand des Mondes zu berücksichtigen. Nach allem Auslaugen, Filtrieren,, Eindampfen und Verdünnen war nach einer weiteren Woche diese schwierige Aufgabe ebenfalls erledigt. Jetzt hieß es, diesen schwierigen Zaubertrank auszuprobieren und dabei Spaß zu haben.

Zunächst hatte Eliha keine Idee, wie er das machen sollte, doch dann jammerte ihm sein Freund Max die Ohren voll, dass er Charlotte gerne näher kennenlernen wollte, dass die ihn aber sicher nicht in ihrer Nähe haben wolle so hässlich er war mit seiner gewaltigen Nase und so unbeholfen er sei. So hübsch wie sie sei mit ihren brennend roten Locken und den neckischen Sommersprossen auf der Stupsnase. Charlotte aber sprach mit Burgl und klagte ihr ihr Leid. Sie würde gerne dem 16-jährigen Max näher kommen, aber sie rechnete sich keine Chance aus, dem sehnigen Burschen mit seinen immer zerstrubbelten schwarzen Haaren und der markanten Nase eine Chance zu haben. Kurz gesagt, beide hielten sich selbst für hässlich und chancenlos und waren deshalb unglücklich. Eine tolle

Gelegenheit mit seinem Wahrheitsserum Gutes zu tun dachte Eliha.

Er lud die beiden sowie Burgl und Kakadu zu einer kleinen Feier ein, um das Bestehen seiner Kräuterausbildung zu feiern. Natürlich wollte er seine Freunde dabei kulinarisch verwöhnen, aber bescheiden. Er entschied sich für überbackene Käsebrötchen und Vanilleeis (gekauft) mit heißen Himbeeren. Für die Brötchen buk er selbst Baguette nach fanzösichem Rezept, belegte sie mit je einer Scheibe Emmentaler mit Zwiebelringen obenauf. Drei Minuten im auf 200 ° vorgeheizten Ofen und fertig war Das Festmahl.

Als Appetitmacher servierte er seinen beiden Freunden je ein Glas Johannisbeersaft aus dem Vorrat von Burgl, den er unbeobachtet mit je zehn Tropfen Wahrheitsserum anreicherte. Sie saßen gemütlich in der Almhütte von Burgl zusammen. Meister Kakadu war wie immer von den kulinarischen Kunstwerken seines Lehrlings begeistert. Auch die anderen lobten Eliha. Sie saßen beisammen und unterhielten sich über Gott und die Welt. Charlotte hielt maximalen Abstand von Max und Max sprach nur zu Eliha. Nach etwa zehn Minuten dachte sich Eliha: „Jetzt muss das Wahrheitsserum wohl wirken" und meinte zu Max „magst du Charlotte eigentlich gern?" Was er sich ohne

Wahrheitsserum nie getraut hätte zu sagen, platzte mit Macht aus ihm heraus: „Charlotte ist das schönste und liebste Mädchen das ich kenne."

„Aber Max, wie kannst du das sagen, wo ich doch so hässlich bin mit meinen wilden roten Haaren und meinen gräulichen Sommersprossen". „Gräulich? Deine Sommerossen? Gerade die sind ja so süß. Ich möchte sie immer nur küssen, aber du wirst mich hässlichen Kerl mit meiner riesigen Nase von dir stoßen. Du könntest doch jeden haben mit deinem hübschen Gesicht. Ach wie gerne würde ich dich küssen, aber ich traue mich nicht so hässlich wie ich bin."

Darauf meinte Eliha: „Jetzt wo durch mein Wahrheitsserum alle Unklarheiten beseitigt sind, solltet ihr zur Tat schreiten. Küsst euch endlich, das wollt ihr doch schon die ganze Zeit. Glaubt doch dem, was mein Wahrheitsserum ans Licht gebracht hat:: Ihr liebt euch gegenseitig, ihr habt nur gedacht, ihr wärt nicht gut genug. Ihr beide seht nicht nur gut aus, ihr seid auch sehr liebe Menschen. Komm Charlotte, tauschen wir Platz, dann bist du Max nahe. Ich lasse euch erst mal alleine"

So lief die Paarvermittlung die eine verliebte Charlotte und einen freudig grinsenden Max einander in die Arme trieb.

Kapitel 9
Walburga Kiermeiers Leben vor der Magie

„Walburga, warst du eigentlich einmal verheiratet?" Fragte Eliha neugierig, als sie das endlich in Liebe vereinte Paar verließen. „Nein, verheiratet war ich nie. Gewollt hätte ich schon, ich hatte einen feschen Burschen im Sinn, aber das zerschlug sich, ehe es begann. Ich erzähle dir die Geschichte.

Meine Mutter war eine Hexe, die das aber geheim hielt. Sie hatte berechtigte Sorgen, dass sie verfolgt werden würde, sollte dies bekannt werden. Schon ihr Aussehen drängte die Leute geradezu, zu rufen: „Schau, eine Hexe" Sie war sehr schön mit feuerroten Locken, grau-grünen Augen, einer Haut wie Milch mit sehr hübsch verteilten Sommersprossen. Ihre Figur war so, wie sie Männer lieben, kurvig ohne fett zu sein. Auf dem Tanzboden war sie umschwärmt.

Sie heiratete einen strebsamen jungen Zimmermann und im nächsten Jahr, 1721, kam ich auf die Welt, in einem kleinen Weiler bei Passau. Ein Jahr nach mir kam meine Schwester Margot, im Jahr darauf folgte Josef und nach weiteren drei Jahren folgte Ursula. Die frühen Jahre meiner Kindheit waren glücklich. Meine Eltern liebten uns alle vier und es gab rund um den Hof vieles zu entdecken mit meinen Geschwistern, für die ich als Älteste bald Verantwortung übernehmen musste.

Dennoch war es eine unbeschwerte Zeit. Wir hatten genug zu Essen, wir hatten anständige Kleidung, mit der wir uns nicht schämen mussten und ein solides Holzhaus, das Vater selbst entworfen und gebaut hatte.

Als ich neun Jahre alt war, endete meine schöne Kindheit mit einem Schlag. Mutter wurde von einem schweren, dicken Eichenast erschlagen. Ohne äußeren Anlass brach der Ast ab und traf Mutter mitten auf den Kopf. Ab sofort übertrug Vater die Haushaltspflichten mir. Eine alte, bittere Verwandte von Vater brachte mir in vier Wochen das Nötigste bei. Einfache Gerichte Kochen sowie Flicken und Stricken konnte ich schon aber die schwersten Aufgaben, Waschen und Putzen, das musste ich noch lernen.

In jener Zeit gab es keine Haushaltsgeräte, keine Waschmaschine und als Reinigungsgeräte nur einen Eimer Seifenlauge und eine Wurzelbürste. Die Wäsche, die es nötig hatte, wurde in einem Kessel mit Aschenlauge ausgekocht und danach im kalten Bach sauber geschwemmt.

Das war alles harte Arbei, für ein neunjähriges Mädchen zu schwer. Jeden Abend fiel ich todmüde ins Bett. Die alte Verwandte, sie hieß Genovefa, war nie mit meiner Arbeit zufrieden und keifte mit ihrer schrillen Stimme tagaus, tagein und sagte mir täglich hundertmal wie unbrauchbar dumm und faul ich sei.

Nach vier Wochen reiste sie ab und überließ mir das Feld. Auch wenn ich jetzt die schwere Hausarbeit ganz alleine machen musste, war ich froh, meinen Frieden zu haben. Ich hatte alles Notwendige gelernt und die Arbeit machte mich kräftiger, sodass ich mir nicht mehr so schwer tat. Zudem hatten wir eine sehr hilfsbereite und freundliche Nachbarin, die Christel. Sie war eine erfahrene Hausfrau und half mir mit Rat und Tat, wenn ich nicht mehr weiterwusste.

Die Zeit verging, ich wurde größer und schaffte die Arbeit immer besser. Viel Freizeit hatte ich nicht. Am Sonntag setzte ich mich an Mutters Grab und träumte vor mich hin und erzählte Mutter von meinen Träumen und Wünschen.

Als ich fast zwölf Jahre alt war, hörte ich plötzlich Stimmen. Zunächst war es nur ein Gemurmel, dessen Bedeutung ich nicht verstehen konnte. Doch mit der Zeit wurden die Stimmen deutlich. So hörte ich etwa beim Kochen: „Ich bin das Herdfeuer und koche die Speisen weich. Es macht mich stolz, dass ich der Burgl damit dienen kann. Ich habe eine Aufgabe und erfülle sie gerne" Oder draußen am Brunnen hörte ich"Ich bin das Brunnenwasser und helfe Burgl beim, Kochen und beim Putzen und beim Waschen. Im Sommer gebe ich den Menschen im Haus einen kühlen Trunk, der sie erfrischt."

Noch andere Stimmen hörte ich, die voll Verehrung von mir sprachen. Ich fragte mich, ob ich verrückt werde, dass ich solche Stimmen hörte. Ich meinte, das sei die Folge meiner Träumereien, die einen solchen unguten Einfluss auf mich hatten. Ich hörte auch Stimmen in der Nacht: „Ich bin das Haus fest gefügt, ein Schutz für Mensch und Vieh, ich bin stolz auf meine Aufgabe, die ich erfülle" oder beim Kochen hörte ich auch: „Ich bin der Rührlöffel, rühre die Suppe." Das konnte nur heißen, dass ich im Wahnsinn versank. Ich hatte wahnsinnige Angst, dass man mich ins Irrenhaus bringen und dort anketten werde. Ich hatte große Angst, in einen finsteren Kerker gesperrt zu werden, weil die Leute mich als eine Gefahr betrachteten. Ich sprach mit niemandem über die Stimmen und über meine Sorgen, mein Entsetzen. Es ging mir immer schlechter, ich verlor Gewicht und Kraft. Ich hatte dunkle Ringe unter den Augen und mein Haar wurde matt.

Schließlich fiel Vater nach vielen Wochen auf, dass ich krank und sorgenvoll aussah. Ich wollte auch ihm nicht sagen, was mit mir los war, aber durch beharrliches Fragen gelang es ihm endlich, mir das Geständnis zu entlocken, dass ich Stimmen hörte und mich davor fürchtete, ins schreckliche Irrenhaus gebracht zu werden.

Vater wirkte erleichtert und ein wenig erstaunt murmelte er: „Es ist also wirklich wahr" Er erzählte mir, dass Mutter eine Hexe gewesen war, aber nie ihre Hexenkünste angewendet hatte, aus Sorge, dass die Verfolgung von Hexen wieder anfangen würde, wenn sie durch ihre Magie beweisen würde, dass es Hexen wirklich gibt. Das einzige, was Mutter gemacht hatte, war ihr gewaltiges Kräuterwissen zu nutzen. Vater erklärte mir, dass ihm Mutter erklärt hatte, dass sich das Erwachen der magischen Kräfte dadurch zuerst zeigt, dass die junge Hexe die Stimmen der niedrigen Intelligenzen hört. Was jetzt zu tun war, wusste er nicht.

Vater hatte sich kurz zuvor wieder verheiratet. Zu meinem 13. Geburtstag kam er zu mir und eröffnete, dass jetzt die neue Frau, Magda, das Regiment im Haus übernehmen werde. Er meinte, es wäre am besten, wenn ich das Haus verließe, um jedem möglichen Streit darüber, wer das Sagen hat in Hof und Küche aus dem Weg zu gehen. Ich verstand das und nahm eine Stelle als Hausmagd vier Stunden entfernt, also etwa 20 Kilometer, an. Was ich mit meinen langsam erblühenden magischen Fähigkeiten machen sollte, wusste ich nicht. Ich hatte niemanden, dem ich vertraute und deerb mich zur Hexe ausbilden könnte .

Der Lechnerhof bot mir eine gute Arbeitstelle. Ich war für den Hauhalt zuständig. Wegen meiner Erfahrung zu Haus übertrug die Bäuerin, Kreszenz Lechner, mir die Verantwortung . Ich glaube, habe ich Sie nie enttäuscht.

Es war zwei Wochen nach meinem Dienstantritt, als mich Fini, die Stallmagd mich einlud, mit Ihr ein bisschen spazieren zu gehen. Ich war einverstanden und wir zogen los. Als wir uns etwa hundert Meter entfernt hatten, platzte sie heraus: „Du bist eine Hexe, gib es zu!" Ich leugnete zunächst, bis Fini meinte:" Du brauchst es nicht zu leugnen, denn ich bin auch eine und kann deine magische Aura spüren. Sie ist recht stark, aber irgendwie undiszipliniert." „Ich habe niemanden, der mich ausbildet, deshalb ist wohl meine Magie undiszipliniert, wie du das nennst. Willst du mich ausbilden?"

Von da an änderte sich mein Leben vollständig. Es wurde magisch.

Kapitel 10
Burgl als Zauberlehrling von Michael Collins

Fini war eine gute Lehrerin, so weit sie selbst ausgebildet war. Sie zeigte mir, wie man die Energie des Wassers, von Sturmwind oder Feuer anzapfen und nutzen kann. Sie zeigte mir,, wie man sich davor schutzt, seine Energie zu verlieren und wie man Energeiüberschüsse ableiten kann. Ich lernte, wie man Gegenstände schweben lassen kann und wie man nur mit geistiger Kraft Steine schleudern kann, um Feinde abzuwehren.

So weit ging das magische Wissen und Können, das sich Fini angeeignet hatte. Das hatte ich rasch gelernt und ich freute mich über meine magischen Fähigkeiten. Wir spielten heimlich damit herum, aber sinnvoll einsetzen konnten wir sie nicht

Als ich vier Jahre als Magd gedient hatte, ich war nun 17 Jahre alt, traf ich einen alten Magier, der meine starke Aura fühlte und meine rohe magische Kraft verfeinern und dadurch größer machen wollte. Sein Name war Meister Michael Collins. Er stammte aus Irland, lebte aber bereits seit 200 Jahren in Bayern. Er bot mir eine Stelle als

Haushälterin an. Ich akzeptierte und hoffte auf eine bessere magische Ausbildung.

Meine Hoffnung ging in Erfüllung, aber anders, als ich mir das vorgestellt hatte.

Collins stellte mich als seine Haushälterin an und gleichzeitig nahm er mich als Lehrling auf. Als erstes erklärte er: „Wer in der magischen Welt etwas gelten will, der muss lesen können. Kannst du lesen? Ich verneinte. Zum Lesen hatte es nie Gelegenheit gegeben. Ich sah bereits meine Felle davonschwimmen, da sagte Meister Collins. „Das werden wir ändern."

 Er gab mir eine Tafel mit den Buchstaben drauf sowohl in Kleinbuchstaben als auch die Großbuchstaben. In ihrer gedruckten Version. Dann nahm er ein Buch vom Regal, es war die Bibel in deutscher Sprache. Er meinte: So, nun sage ich dir, wie die einzelnen Buchstaben klingen sollen und du sagst es mir nach. Wenn du die Tafeln beherrscht, beginne mit der Bibel."

So machten wir es. Es ging recht flott voran, denn für meine Haushaltspflichten brauchte ich nur drei bis vier Stunden am Tag. Zwei Mahlzeiten waren täglich zu kochen. Die kleine Wohnung in Ordnung zu halten war keine große Aufgabe. Nur Collins und ich lebten in der kleinen Wohnung mit zwei

Schlafkammern und einer warmen Wohnküche. Collins war außerdem sehr ordentlich. So blieb für meine Ausbildung jeden Tag reichlich Zeit übrig.

Das Lesen hatte ich nach zwölf Wochen gemeistert. Das Lesen der Bibel war anfänglich äußerst mühsam, aber nach zwei Wochen ging es besser und nach neun Wochen las ich flüssig. Collins ließ mich drei Wochen üben und zeigte sich dann zufrieden mit meiner Leseleistung.

Von da ab durfte ich in seinen einfacheren Zauberbüchern lesen, erwarb mir immer tiefere Erkenntnisse. Besonders interessierte mich alles, was mit Pflanzen zu tun hatte. Er besaß ein wunderschönes Buch mit kolorierten Zeichnungen von verschiedensten Heil- und Giftkräuter. Leider konnte ich es nicht lesen, denn es war in Latein geschrieben.

Bald war ich richtig gut in einigen magischen Bereichen. Ich beherrschte die Animation und machte kaum Fehler dabei ich vergaß nie, den Abschlusssatz, der eine Animation beendete. Ich lernte das Wetter zu manipulieren. Nichts machte mir mehr Spaß als meinen Meister mit einem kleinen Schneegestöber in unserer Küche zu überraschen. Wir lebten recht harmonisch dahin, als mich Meister Collins eines Tages zu sich rief. Er sprach: „Höre Burgl, was ich dir jetzt zu sagen habe, wird dir nicht gefallen. Ich weiß, dass ich bald sterben werde.

Wenn es Zeit ist, diese Erde zu verlassen hilft kein Zauber mehr. Ich werde sterben, das ist gewiss und auch gut so. Ich habe mehr als 600 Jahre durchlebt, mit viel Leid und Krieg aber auch mit einiger Freude und Zufriedenheit. Du musst nicht trauern um mich, ich gehe nur in eine bessere Welt ohne Streit, ohne Krankheit und Leiden."

Er überreichte mir einen versiegelten Brief mit den Worten: Sofort wenn ich den letzten Atemzug getan habe, brich das Siegel auf und folge den Anweisungen, die du in dem Brief finden wirst. Ich hab schon alles vorbereitet.

Ich war fünf Jahre bei Meister Collins gewesen, als er starb. In dieser Zeit habe ich seine Wohnung in Ordnung gehalten und dafür gesorgt, dass er schmackhaftes, gesundes Essen bekam. Als Hexe fühlte ich mich mittlerweile recht wohl. Zur Sicherheit hielt ich meine magischen Fähigkeiten geheim, womit ich recht tat, wie ich später erfahren sollte. Im Laufe der Zeit brachte mir Collins die Grundzüge der lateinischen Sprache bei, sodass ich wissenschaftliche Abhandlungen und natürlich auch magische Texte in Latein lesen lernte.

Ich hatte Forelle nach Müllerinnen Art mit grünen Bohnen und lockerem Hirse zum Mittagessen gemacht. Als Dessert gab es ein Kompott von vollreifen Mirabellen und zum Essen einen halbtrockenen Weißwein. Wir waren gerade fertig und lehnten uns zufrieden zurück, als er sagte: „Burgl, du hast mir all die Jahre treu gedient und jeden Tag etwas Köstliches auf den Tisch gebracht. Dies war die letzte Mahlzeit, die du für mich bereitet hast. Ich gehe jetzt in ein andere. Welt. Er schloss die Augen und hörte auf zu atmen.

Wie angewiesen öffnete ich den versiegelten Brief und las:

„Liebe Walburga,

wenn du dies hier liest, habe ich meinen letzten Atemzug getan. Mein Erbe ist reich an Magischem, aber arm an Weltlichem. Mein Testamentsvollstrecker ist Monsignore Hyazinth Franz Edler von Waldeck, Sekretär des Fürstbischofs von Passau. Er weß, was zu tun ist. Gehe sofort zu ihm. hier habe ich noch einen Passierschein des Edler von Waldenfels beigelegt, damit der Wächter dich durchlässt wirst.

Dein Michael Collins"

Auf der Karte stand „Wer dieses Papier vorweist, hat das Recht sofort zu mir geführt zu werden." Dazu ein rotes Siegel und eine schwungvolle Unterschrift Hyazinth Franz Edler von Waldenfels, Sekretär."

Kapitel 11
Burgls Zeit am
fürstbischöflichen Hof in Passau

Ich tat, wie Collins verlangt hatte. Ich packte mir Verpflegung ein für drei Tage und marschierte los nach Passau. Ich war noch nie in einer so großen Stadt gewesen. Der Trubel in der großen Stadt mit Fußgängern und Reitern, mit Fuhrleuten und Handwerkern ließ mir den Kopf schwirren. Ich fragte mich durch zum Palais des Bischofs und fragte nach dem Sekretär.

Der Lakai wollte mich schon auslachen, da fiel sein Blick auf meinen Pass. Er unterdrückte sein Lachen und führte mich ehrerbietig eine Treppe hoch und durch mehrere Zimmer. Schließlich klopfte er vorsichtig an eine Türe, öffnete, streckte vorsichtig seinen Kopf vor und sagte: „Euer Gnaden, ich bringe Euch eine Frau, die Ihren Pass vorgewiesen hat".

Der Lakai schob mich ins Zimmer und verschwand. Hinter einem imposanten Schreibtisch mit goldenen Schnörkeln saß ein Mann angetan mit einer Soutane mit violetten Knöpfen. „Was wünscht sie und wie kommt sie zu meinerm Pass", meinte der schwergewichtige Geistliche etwas herablassend. „Euer Gnaden, ich bin die Walburger

Kiermeier und bis vor drei Tagen war ich die Haushälterin von Michael Collins. Er ist vor drei Tagen gestorben und in einem Brief hat er mir geschrieben, ich solle sofort zu euch gehen, Ihr wüsstet was zu tun sei." „Ja, ich weiß, was zu tun ist. Zuerst brauchst du eine Kammer, wo du in Passau wohnen kannst, dann schauen wir weiter. Momentan können wir nicht mehr tun, denn ich habe noch Audienzen des Herrn Kardinals vorzubereiten. „Er schwang eine Tischglocke und befahl dem eintretenden Diener "Hol den Wenzel her, er soll augenblicklich kommen." Ich war ziemlich eingeschüchtert von der Pracht im Bischofspalais und auch Herr von Waldeck schwieg.

Nach fünf Minuten kam ein leicht ergrauter Diener und von Waldeck befahl. „Das ist Walburga, die Haushälterin von Michael Collins. Sie braucht ein Quartier erledige das sofort." Ich ging mit Wenzel mit, der mich zum Pferdestall führte. Oberhalb davon lag eine kleine Kammer mit einem Bett, einem Stuhl und einem Kerzenleuchter "Hier kannst du dich erst einmal ausruhen. Ich bringe dir dann noch etwas zu Essen" und fort war er.

Das war mein erster Eindruck beim Bischof von Passau. Ich dachte, es würden höchstens zwei Tage werden, dann wurden es 12 Jahre. Wenn hässliche Ereignisse mich nicht gezwungen hätten, dann wäre ich vielleicht noch immer am bischöflichen Hof in Passau.

Nachdem ich mich gestärkt und ausgeruht hatte, holte mich Wenzel ab und brachte mich zum Sekretär. „Du bist also eine Hexe, die große Erfahrung als Haushälterin eines Magiers hat und jetzt, durch den Tod deines Arbeitgebers arbeitslos bist. Collins hat dich allerdings sehr geschätzt und hat Vorkehrungen getroffen, dass es dir weiterhin gut geht." Wie wollt Ihr wissen, dass ich eine Hexe bin. Hexen gibt es doch gar nicht, sagen viele Gelehrte neuerdings." „Du brauchst dich nicht zu verstellen. Ich fühle deine starke magische Aura ganz deutlich" „So seid Ihr selbst Magier, ich fühle ja auch eure Aura. Wie passt übrigens der Magier zu eurem geistlichen Stande, wenn ich fragen darf?" „Ich bin Magier im Geheimen. Nur sehr wenige Menschen wissen davon, Collins war einer von Ihnen."

Jedenfalls hatte der Sekretär einigen Einfluss am Palast des Kardinals. Er verschaffte mir eine Stelle als Kräuterfrau. In einem abgelegenen Turm durfte ich eine Kräuterküche beziehen mit einer kleinen Schlafkammer daneben. Fortan war ich für die Heilkräuter für die Tiere, besonders die Pferde zuständig und fertigte allerlei Arzneien für die kostbaren Tiere . Da ich mich als kundig erwies und meine

Arzneien gut wirkten, erlangte ich rasch einen guten Ruf als Pferdeheilerin.

Eines Tages kam eine verzweifelte Mutter zu mir. Sie klagte, dass ihre kleine Tochter schon seit drei Tagen sehr hohes Fieber habe, und der Apotheker ihr zwar eine Medizin gegeben habe, die aber nicht wirke. Sie meinte, ein Mittel von mir könne helfen.

Ich wusste, dass ich helfen konnte. Ich hatte nämlich in einem Buch der bischöflichen Bibliothek ein sehr gut wirksames Heilmittel aus Brotschimmel entdeckt. Ich wusste auch, dass es einen Sturm der Entrüstung geben würde, wenn ich dem Apotheker und seinen vielen Freunden in die Quere kommen würde. Ich hatte Mitleid mit der Frau, die schon ein halbes Jahr zuvor ein Kind verloren hatte. Ich erklärte mich bereit, ihr zu helfen, aber nur wenn sie mir versprach, niemandem etwas davon zu erzählen. Sonst würde ich sicherlich in große Schwierigkeiten mit dem Apotheker geraten.

Ich gab der Mutter also eine Dose gefüllt mit getrocknetem und fein zermahlenem Brotschimmel mit der Anweisung, der Patientin sieben Tage lang dreimal am Tag jeweils einen Esslöffel von dem Pulver zu geben und das Mädchen solle es mit ein bisschen Wasser hinunterspülen darüber hinaus sollte die Patienten alle zwei Stunden einen Schluck einer Abkochung aus Weidenrinde nehmen, das werde das Fieber senken. Die Kur half und nach fünf Tagen war das Kind ganz gesund.

Leider konnte die Mutter in ihrer Freude ihren Mund nicht halten und erzählte ihren Nachbarinnen und Freundinnen von der, in ihren Augen, wundersamen Heilung. So kamen bald viele Frauen mit ihren gesundheitlichen Nöten zu mir, was dem Apotheker nicht verborgen blieb.

Kapitel 12
Der schmutzige Krieg des Apothekers

Der Werbeabteilung der magischen Welt war es im Laufe der vorangehenden Jahrzehnte gelungen, den Glauben an Magie im Allgemeinen und an Hexen und ihre Kräfte im Besonderen grundlegend zu erschüttern. Besonders unter den Gebildeten verbreitete sich die Meinung, dass Hexenglaube altmodisch, dumm und ungebildet sei. Dennoch hielt sich der Hexenglaube in den weniger gebildeten Volksschichten wie eh und je. Das nutzte der Apotheker aus.

Er hatte eine Magd namens Helene, die genauso gemein war wie ihr Herr. Sie war eine talentierte Lügnerin und konnte den Leuten die haarsträubendsten Geschichten plausibel erscheinen lassen. Sie schaute so unschuldig aus mit ihrem hellen Blondhaar und ihren unschuldig scheinenden blauen Augen. Für einen reichen Lohn in klingender Münze erzählte sie überall herum, ich stünde mit dem Teufel im Bunde und ich sei eine gefährliche Hexe. Die Frauen auf dem Markt und die Taglöhner waren ein dankbares Publikum. Sie glaubten nur zu gerne, dass ich mit meiner Hexerei großen Schaden verursache würde. An jedem Hagelschlag, jedem verschimmelten Getreide und an jeder Fehlgeburt bei Mensch und Vieh sei ich schuld, behauptete Helene ganz ernsthaft, obwohl sie ganz genau wusste, dass dies Unsinn war. Immer mehr redete sie den Leuten ein, dass ich meinem höllischen Geliebten, dem Teufel, mit meinem Schadenzauber ein satanisches Vergnügen bereiten wolle. Sie hetzte ganz Passau gegen mich auf. Einmal habe ich sie zufällig belauscht. Mit ihrem engelgleichen Gesicht, umrahmt von blonden Locken und ihren so treu und ehrlich erscheinen blauen Augen hätte niemand gedacht, dass dieses so zarte Wesen so viel Gift von Verleumdung und Lüge verspritzen kann.

Das ging so: „Das muss ich dir erzählen. Ich bin noch ganz erschüttert von dem was ich gestern Abend erlebt habe. Es war grauenvoll. Dabei ist die Burgl doch so ein freundlicher Mensch. Ich kann einfach nicht glauben was ich da gesehen habe." Sie hatte noch gar nichts gesagt, aber die volle Aufmerksamkeit. Und dann erzählte sie totalen Unsinn, dass sie mich gesehen habe, als ich drunten am Inn dicke Gewitterwolken entstehen hätte lassen und das Fischerhäusel durch einen Blitzschlag angezündet hätte.

Dieser Blitzschlag, der zum totalen Abbrennen des Fischerhäusels geführt hatte, war tatsächlich passiert, aber ich hatte das nicht getan. So wühlte Helene gegen mich und die Leute glaubten ihr immer mehr und mir trauten sie die schwärzesten Untaten zu.

Es wurde immer schlimmer. Schließlich wollte fast niemand mit mir zu tun zu haben. Helene hatte alle gegen mich aufgehetzt. Der Bäcker verkaufte mir kein Brot mehr, der Schuster reparierte meine Schuhe nicht mehr und meine Magd verließ meinen Dienst. Wenn ich auf der Straße ging, holten die Mütter ihre Kinder ins Haus und verschlossen die Türen. Auch die Hütebuben wollten meine zwei Ziegen nicht mehr weiden. Dieses unbegründete Mobbing machte mich seelisch völlig fertig. Ich hatte keinen Appetit mehr und ich wollte nicht mehr nach draußen gehen. Die meiste Zeit verkroch ich mich in meinem Bett und vergoss in meiner Verzweiflung bittere Tränen. Nach kurzer Zeit war ich völlig abgemagert und nur ein Schatten meines früheren fröhlichen Selbst. Ich wollte von der Welt nichts mehr wissen. Ich wollte nur mehr im Bett liegen und darauf warten, bis ich sterben würde. In dieser absolut finstersten Stunde meines insgesamt freudlosen Lebens erhielt ich Besuch. Von einem entfernten Verwandten, Meister Kakadu wollte mit meiner Hilfe einige Fragen zu magischen Pflanzen klären. Wie erschrak er, als er mich sah, zum Skelett abgemagert mit stumpfem Haar und eingesunkenen

Augen. Ich schleppte mich mühsam dahin, abgestützt an der Wand und konnte nur leise und kraftlos sprechen. Ich kannte Kakadu damals noch nicht persönlich. Ich hatte nur von ihm gehört. Jedenfalls erschrak er zunächst sehr, als er meinen Zustand sah, mehr tot als lebendig.

Nachdem er seinen Schreck gemeistert hatte, wurde er sofort tätig. Er molk meine Ziegen, holte beim Bäcker Brot und beschaffte einen Käse. Dann fütterte er mich. Das ideale Essen für jemanden so ausgehungerten wie mich war es sicherlich nicht. Du kennst ja seine Fähigkeiten in der Küche. Jedenfalls päppelte er mich auf, sodass ich wieder zu Kräften kam und mein Lebensmut wurde ebenfalls wieder wach.

Aus Passau, das so ungastlich geworden war, wollte ich fort. Ja, ich wollte von den Menschen fort. Kakadu bot mir an, seine Nachbarin in der magischen Welt zu werden und mich ganz der Ziegenhaltung und magisch-botanischen Forschung hinzugeben. Das machte ich und das tue ich immer noch.

In der magischen Welt habe ich einen sehr guten Ruf als Expertin für magische Pflanzen und bin nach fast dreihundert Jahren zufrieden in meiner gemütlichen, einsamen Almhütte.

Ich habe inzwischen Latein, Griechisch und Hebräisch gelernt. So steht mir einiges aus der magischen Welt zur Verfügung. Natürlich lerne ich noch weitere Sprachen, die in der Magie Bedeutung haben. Ägyptisch habe ich vor langer Zeit gelernt, jetzt beschäftige ich mich mit Sanskrit, damit ich mir die indische Magie erschließen kann. So lebe ich hier für mich alleine und friedlich.

Kapitel 13
Der Umwandlungszauber (Transformation)

Nachdem Burgl ihre Lebensgeschichte beendet hatte, stand Kakadu auf und klopfte mit der flachen Hand auf den Tisch. „Genug gefeiert, genug geredet. Es gibt noch eine ganze Menge für dich zu lernen, Eliha. Komm, gehen wir nach Hause und fangen an mit den Transformationen. Das ist ein ziemlich kompliziertes Kapitel," meinte der Meister.

Als sie wieder in ihrem Turm waren, begann Kakadu zu erklären: „Wir Magier können uns in andere Lebewesen verwandeln. Allerdings funktioniert das nicht so, wie es in vielen Märchen geschrieben steht. Erstens können wir andere Lebewesen nur verwandeln, wenn sie einverstanden sind und zweitens können wir uns selbst oder andere nur in ein Lebewesen verwandeln, das genauso viel wiegt wie der ursprüngliche Mensch.

So wie es im Märchen „der gestiefelte Kater steht, kann sich ein Mensch von geschätzt 120 kg nicht in eine kleine Maus verwandeln, da die Masse dabei nicht gleich bleiben könnte." „Das ist aber schade. Dann kann man ja keine furchterregenden Transformationen machen. Wie sollte ich denn meine 41 kg in einen Bären verwandeltn. Der hat ja durchschnittlich etwa 200 kg," klagte Eliha enttäuscht.

„Na so schlimmm ist das auch wieder nicht, denn es gibt Ausweichmöglichkeiten. Einmal kann man sich aufspalten in viele kleinere Tiere. Aus deinen 41 kg könntest du rund 1200 Mäuse machen, Ratten wären es 140. Je mehr einzelne Tiere es sind, umso schwieriger wird es, sie zu lenken. Damit das natürlich aussieht ist viel Übung erforderlich.

Auf der anderen Seite können sich mehrere Magier zusammentun, um ein größeres Tier zu bilden. Für einen furchterregenden Braunbären sind drei bis vier Magier nötig. Allerdings müssen die in voller Übereinstimmung handeln, sonst funktioniert das nicht.

Es muss einer der Anführer sein, der die Entscheidungen trifft und die anderen müssen sich ihm unterordnen. Das ist nicht nur von der Technik her schwierig, sondern auch gefühlsmäßig." „Das glaube ich gerne. Ich kann das nicht machen, denn es gibt außer uns beiden keine Magier in der Nähe mit denen wir das machen könnten" meinte Eliha vernünftig aber wenig zufrieden.

Kakadu meinte, es gäbe noch eine weitere Möglichkeit, die technischen Schwierigkeiten bei der Transformation zu vermindern. Wenn man nur einen Teil seiner Masse braucht, um ein bestimmtes Tier hervorzubringen, etwa einen Hund, dann kann man einen Teil seiner Masse als totes Gewicht ablegen. In einem solchen Fall verwandelt man sich in das gewünschte Tier, vielleicht in einen Hund von 8 kg und die überschüssige Masse legt man als abgebrochenen Ast oder als Stein ab. Man kann auch etwas Menschengemachtes verwenden, etwa einen Stuhl oder einen Tisch." Eliha war begeistert. Mit Hilfe der Transformation könnte er sich in die Gestalt anderer Menschen verwandeln und so deren Rolle spielen. Er könnte auch die Gestalt von kleineren Tieren annehmen und so unauffällig spionieren. Er war mit Feuereifer dabei und wollte gerne zunächst Spionagemöglichkeiten ausprobieren. Am unauffälligsten schien ihm zu sein, sich in die Gestalt einer Katze zu verwandeln.

Er versetzte sich in Trance, was er als mittlerweile geübter Magier problemlos beherrschte und spaltete die überschüssige Masse als Steinhaufen ab. Vier Kilogramm verwendete er, um eine Katze zu bilden. Er wählte eine schwarze Fellfarbe mit weißen Füßen und einem weißen Bereich rund um das rechte Auge sowie eine weiße Schwanzspitze. Eliha staunte darüber, dass er sich sofort wie eine Katze bewegen konnte. Er sprang problemlos auf den Gartenzaun und wieder herunter. Ja, er konnte ohne Schwierigkeiten einer Maus auflauern und sie fangen. Zu seinem Erstaunen schmeckte ihm die Maus auch noch ausgezeichnet.

Kakadu warnte seinen hellauf begeisterten Lehrling: „Vergiss über deiner Begeisterung nicht die Probleme und Gefahren einer Transformation! Du musst in der Nähe der abgetrennten Masse sein, damit du dich wieder zurückverwandeln kannst. Ich rate dir daher, die Transformation in der Nähe des Ortes auszuführen, wo du spionieren möchtest.

Die Rückumwandlung ist nur möglich, wenn du maximal zwei Meter von der abgelegten Masse entfernt bist. Bist du weiter entfernt, bleibst du das gewählte Tier und im Laufe der Zeit nimmst du dessen Wesen an und verlierst die Erinnerung an dein menschliches Dasein." Wie schnell geht denn das?" Fragte Eliha, und Kakadu meinte „Die Veränderung der Persönlichkeit setzt ungefähr nach einer Woche ein, aber es ist individuell verschieden, daher kann man das nicht sicher abschätzen. Wenn du dich jedoch ohne Restmasse umwandelst, hast du dieses Problem nicht. Dann kannst du dich jederzeit zurückverwandeln."

Eliha übte noch vier Stunden und probierte einige Spionagetiere aus: Schaf, Maus, Hund, Ziege. Besonders gefiel er sich als Berner Sennenhund, da er dafür keine tote Masse brauchte, er konnte seine ganze Masse von 41 kg nehmen und erhielt damit einen vergleichsweise leichten Hund. Ausgewachsen erreicht diese Hunderasse bis zu 60 kg. Mit der Bewegungsweise der Maus kam er nicht gut zu recht. Er benahm sich in dieser Gestalt ungeschickt und kam in Gefahr von einer Katze, einer Eule oder einem Habicht gefressen zu werden. Auch Füchse konnten ihm in dieser Gestalt gefährlich werden. Als Maus jagte ihn eine Katze und erwischte ihn auch.

Er konnte sich gerade noch schnell zurück verwandeln, bevor die Katze ihr Zähne in seinen Nacken schlagen konnte. Für die Katze war dies ein traumatisches Erlebnis. Da hat sie eine leckere Maus vor sich, und plötzlich ist es ein plumperMensch. Nach diesem Erlebnis hörte die Katze auf, Mäuse zu jagen und fing nur noch Singvögel. Eliha nahm sich vor, für seine Transformationen nur bestimmte Tiere zu verwenden. Er wollte sich in Katzen, Schafe und Ziegen mit Restmasse verwandeln und in einen Berner Sennenhund ohne Restmasse.

Als Nächstes probierte Eliha aus, wie es war sich in die Gestalt eines anderen Menschen zu verwandeln. Mit seinen 41 kg konnte er sich natürlich nur in eher zarte Personen verwandeln. Hünenhafte Gestalten mit gewaltigen Muskeln waren außerhalb seiner Möglichkeiten. Er wählte Buben in seinem Alter und zarte Frauengestalten in jedem Alter. So nahm er die Gestalt von Burgl an und verwirrte damit Meister Kakadu, der erkannte, dass die Aura nicht die von Burgl war. Am Anfang waren die Gesichter und vor allem der Ausdruck nicht richtig. Die Leute hatten den Eindruck, dass Elihas Kopien irgendwie falsch aussahen. Mit mehr Übung jedoch wurden die gefälschten Personen lebensechter.

Kapitel 14
Eliha erlernt den Reisezauber

Mittlerweile waren zwei Jahre vergangen, seit Eliha seine Lehre bei Meister Kakadu begonnen hatte und er wollte gerne seinen Onkel Lucullus besuchen. Kakadu meinte dazu: „Ich hab nichts dagegen, aber du solltest standesgemäß nach Art der Magier reisen, nämlich mit magischen Schuhen, die du selbst vorbereitet hast. Das nächste Kapitel deiner Ausbildung ist also die Herstellung magischer Reiseschuhe. Zwei Wochen kannst du dir wohl nehmen, um deine Reise magisch vorzubereiten."

Nach Anweisung seines Meisters kaufte er ein Paar Schuhe nach seinem Geschmack, die ein bisschen großer waren, als er sie normalerweise trug. Am nächsten Morgen ging er früh zum nächstgelegenen Moor. Dort zog er sich aus und zog ein knöchellanges Hemd über und nahm ein kleines, scharfes Messer zur Hand. Unmittelbar vor Sonnenaufgang ging er barfuß in das Moor zur nächstgelegenen Moorbirke. Als das erste Sonnenlicht die Bergspitzen erreichte, schnitt er von der feinen Birkenrinde zwei Flecken ab, sodass jeder Fleck reichte, eine Schuhsohle bis zum Rand auszulegen. Dabei sang er den Zauberspruch in ägyptischer Sprache, in dem er die Götter bat, die Birkenrinde mit ihrem Atem zu berühren, um ihr die Fähigkeit zu verleihen, in Windeseile zu einem angegebenen Ziel zu fliegen. Danach musste er die Birkenrinde mit Schlamm aus dem Moor einreiben und in der Sonne trocknen lassen. Währen der ganzen Zeit bis der Schlamm getrocknet war musste er einen weiteren Zauberspruch singen, ebenfalls in Ägyptisch, der der Birkenrinde helfen sollte zu verstehen, wo das Ziel lag. Dieser Zauberspruch war so oft zu wiederholen, bis der Schlamm getrocknet war. Dann musste er barfuß über all die spitzen Steine zurückgehen zu dem Platz, wo er seine Kleider abgelegt hatte. In dieser Zeit durfte er nur die Zaubersprüche singen aber sonst keinen Laut, auch keinen Schmerzenslaut von sich geben. Auch war ihm verboten, irgendetwas zu essen. Seit dem Mittag des Vortages hatte er nichts mehr gegessen oder getrunken. Nur einen Teelöffel Salz hatte er essen müssen, bevor er losgegangen war Bis der Schlamm getrocknet war, war es zehn Uhr geworden. Eliha hatte schrecklichen Durst, aber er hielt durch. Als die Sonnenhöhe anzeigte, dass es Mittag geworden war; durfte Eliha sein Ritual beenden, indem er sich hinkniete, das Gesicht gegen Osten gewendet, die Birkenrinde küsste und einen Schluck Wasser aus seiner Flasche trank. Danach zählte er bis hundert und nahm dann noch weitere zwei Schlucke Wasser. Er stand auf, die Zeremonie war beendet. Er zog wieder seine normale Kleidung an und trank die Wasserflasche leer. Die Birkenrinde steckte er in eine Mappe, die er sorgfältig in seinem Rucksack verwahrte. Nun konnte er nach Hause gehen.

Zur Feier des Tages hatte er ein weitaus edleres Frühstück vorgesehen als seinen üblichen Grießbrei, er wollte Kaiserschmarrn machen für sich und für Kakadu. Er nahm sechs gehäufte Esslöffel Mehl, trennte von zwei Eiern Dotter und Eiklar und vermengte das Mehl mit den Dottern und soviel Milch, dass ein ziemlich dünner Teig entstand.

Inzwischen hatte er seinem Schneebesen befohlen, den Eischnee zu einer festen Masse zu schlagen. Er hob den Eischnee unter die übrige Masse und ließ den Teig in eine Pfanne gleiten, in der ein Klotz Butter geschmolzen und erhitzt worden war: Solange der Teig noch weich war, streute er großzügig Rosinen darüber. Der in der Hitze geronnene Teig wurde gewendet und mit dem Pfannenwender in kleinere Stücke zerteilt. Unter mehrfachem Wenden backte Eliha den Teig, bis er braun und fluffig gegart war. Er verteilte die Portion auf zwei Teller, bestreute ihn leicht mit Puderzucker und setzte einen ordentlichen Klacks Preiselbeermarmelade daneben.

Kakadu war entzückt über das edle Frühstück. Obwohl er solche Standardrezepte von Eliha mittlerweile gut kannte, konnte er sich immer wieder dafür begeistern. Auch machte es ihm nichts aus, das Frühstück erst zu Mittag zu essen, so wie an jenem Tag.

Eliha arbeitete weiter an seinen Reiseschuhen. Am Abend ging er nochmals zum Moor und wartete, bis der Mond aufging. Dann schnitt er die flaumigen Köpfe des Wollgrases ab, wobei er einen Zauberspruch sang, der sicherstellen sollte, dass die Schuhe immer eine sanfte Landung vollführen konnten. Die Sprache war diesmal Latein. Am folgenden Morgen legte Eliha seine neuen Schuhe mit Wollgras aus und legte die genau zugeschnittene Birkenrinde in die Schuhe.

Jetzt hieß es, den Zauber zu testen sowie Start und Landung einzuüben. Das Kommando lautete: „Lehrlingsschlafkammer im Zauberturm Mutatio loci". Es funktionierte, nur knallte er mit dem Gesicht gegen die offene Tür des Kleiderschranks. Eine kleine Korrektur des Zauberspruchs behob diesen Mangel: Nach dem genauen Ort und dem Reisekommando musste es heißen „et move in spatiio aperto". Auf diese Weise suchte der Zauber einen offenen Raum, wo keine Kollisionsgefahr bestand. Eliha reiste ein wenig zwischen den benachbarten Dörfern umher. Dabei landete er einmal knapp vor den Augen eines Mannes. Zum Glück war der so stockbesoffen, dass er meinte, er hätte eine alkoholbedingte Halluzination gehabt. So baute Eliha eine zusätzliche Sicherung ein. Mit dem Wort invisibilis am Ende blieb er unsichtbar, bis er sich davon überzeugt hatte, dass er alleine war, dann konnte er sich mit dem Wort „visibilis" sichtbar machen.

Kakadu erinnerte ihn dran, dass er beim Reisen auf seinen Energievorrat achten musste. Daher war es nicht möglich, ohne Zwischenlandung die ganze Welt zu umrunden. Während des Reisens konnte ein Magier keinen Kontakt zu einer Energiequelle halten. Er konnte nur unmittelbar vor der Reise seine Batterie aufladen und danach seine Kraft wieder auffüllen. Aus diesem Grund waren nur Etappen von höchstens 1800 km möglich, mehr würde zu tödlicher Erschöpfung führen. Am einfachsten war das Reisen, wenn man sich von Gewässer zu Gewässer fortbewegte. Aus flüssigem Wasser konnte immer ausreichend Energie abgezapft werden, ohne eine auffällig drastische Abkühlung des Wassers zu verursachen. Auf jeden Fall war es nötig, eine magische Reise gut zu planen. Zunächst kam es darauf an, unterwegs für Energienachschub zu sorgen. Wichtig war jedoch auch, Nichtmagier im Dunkeln zu halten. Kein Außenstehender sollte irgendetwas vom magischen Reisen mitbekommen. Nachdem es der Marketingabteilung der Magier mit viel Aufwand gelungen war, ernsthaften Glauben an Magie völlig aus dem Bewusstsein der Menschen zu bannen, darf jetzt nicht durch Unvorsichtigkeit oder Tollpatschigkeit eines Magiers oder einer Hexe. Die Realität der Magie wieder ins Bewusstsein der Menschen gelangen.

Kapitel 15
Besuch bei Lucullus

Technisch brachte die Reise keine besonderen Probleme. Luftlinie betrug die Entfernung vom Wohnturm von Kakadu zum Sternerestaurant in Merzig an der Saar keine besonderen Anforderungen. Mit etwas weniger als 400 km ließ sich die Entfernung in einer Etappe leicht bewältigen. Da Merzig direkt an der Saar liegt, kann die nötige Reiseenergie aus dem Fluss entnommen werden. Eliha zog seine magisch präparierten Schuhe an, verabschiedete sich von seinem Meister und von Burgl mit einer Umarmung, atmete nochmals durch und dann sprach er: „Trierer Straße 26, Merzig mutatio loci et move in spatio aperto, invisibilis". Sofort war er verschwunden und er sah dass er vor dem vertrauten Lokal von Lucullus stand. Er betrat das Gebäude, ging in die Toilette und sprach dort das Wort „visibilis". Er war sichtbar und wirkte wie ein normaler Mensch.

Er hatte die Ankunftszeit auf 14 Uhr gelegt, der ärgste Mittagsummel war vorbei und das Küchenpersonal beseitigte die Spuren des recht hektischen Vormittags. Lucullus würde er in seinem Büro finden, dessen war er sicher. Er klopfte an die Türe, da erschallte aus dem Büro die raumfüllende Stimme von Elihas Onkel: „Draußen bleiben!" Doch Eliha ignorierte das, mit den Worten „Du wirst doch deinen Lieblingsneffen sehen wollen und betrat das Büro. Lucullus' umwölktes Gesicht klärte sich und Eliha fiel in die starken Arme seines Onkels.

Eliha erzählte von seiner Magierausbildung und Lucullus erzählte von seinen Sorgen. Ein russischer Mafiaboss namens Iwan Pawlowitsch Zarutkin hatte Lucullus klargemacht, dass er sein Restaurant übernehmen wolle. Er könne sich friedlich bereit erklären, sein Restaurant zu verkaufen oder die Mafia werde sein Geschäft ruinieren. Lucullus war nicht sicher, wieweit er diese Ansage für bare Münze nehmen solle oder ob es sich nur um haltlose Prahlerei handelte. Er machte sich Sorgen. Eliha beruhigte ihn: „Ich bin zwar kein voll ausgebildeter Magier aber mächtiger als ein windiger Mafioso bin ich allemal. Lass dich nicht ängstigen, ich kann dir helfen.

Für die Zubereitung des Abendessens standen Lucullus und Eliha nebeneinander in der Küche und freuten sich, nach so langer Zeit gemeinsam für höchsten kulinarischen Genuss zu sorgen. Plötzlich ertönte aus dem Gastraum Geschrei und der Lärm von zerbrechendem Geschirr aus der Küche. Zehn hünenhafte Männer, schwarz gekleidet, mit schwarzen

Skimasken zerschlugen die Tische mit Baseballschlägern. An die Glastüre hatten sie ein Plakat geklebt mit der Aufschrift „Erste Warnung" Eliha setzte sofort seine Magie ein und schleuderte jedem einen Feuerball ins Gesicht. Die Angreifer brüllten vor Schmerzen und rissen sich die brennenden Skimasken vom Gesicht, rannten nach draußen und rasten in einem Kleinbus davon. Eliha sank erschöpft auf einen Stuhl. „Onkel, bitte drehe die Gasflammen am Herd ganz auf, ich brauche Energie. Lucullus tat das und Eliha beseitigte mit seiner Magie alle Zerstörung, die die Russen angerichtet hatten. Dann sagte er: Onkel, stelle dich hinter mich. Ich werde jetzt die Erinnerungen manipulieren, damit sich niemand daran erinnern kann, dass Magie im Spiel war. Nur du sollst dich erinnern. Mit Traumpulver und einem kraftvollen Zauberspruch veränderte Eliha die Erinnerungen der Gäste und der Angestellten. Jeder konnte sich nur an einen normalen Abend erinnern, wo die einen köstliche Speisen zubereitet hatten, die die anderen begeistert genossen.

Lucullus und Eliha saßen im Büro zusammen „Jetzt ist es eindeutig, dass Zarutkin seine Drohung ernst meint. Uns kann er nicht einschüchtern, denn wir wissen, dass wir stärker sind als er mit seiner Schlägerbande", meinte Eliha und Lucullus fügte hinzu:"Aber er glaubt es garantiert nicht."

„Dann müssen wir ihn eben überzeugen." Sie berieten weit in die Nacht hinein, wie sie Zarutkin am empfindlichsten treffen könnten und wie sie dabei Kolateralschäden vermeiden konnten. Sie kamen überein, dass sie die Fehde ankündigen würden, und zwar glaubhaft. Das sollte Eliha übernehmen und gut mit magischen Effekten würzen. Sollte dies Zarutkin nicht zum Einlenken bewegen, würden immer stärkere Angriffe folgen. Zuerst würden sie seinen schwefelgelben Ferrari auf spektakuläre Weise zerstören, danach seinen prachtvollen Palast ruinieren und wenn das immer noch nicht reichte seine abgöttisch geliebte neunjährige Tochter Olga verschwinden lassen.

Schritt eins hieß Zarutkin warnen. Dazu verwandelte sich Eliha in einen gebeugten, dürren alten Mann mit wallendem, weißen Vollbart. Als Kleidung nahm er grau, graue Hose, grauer Umhang und grauer Spitzhut. Mit seinem Reisezauber begab er sich in das Büro von Zarutkin in Saarbrücken. Er ging direkt in sein Büro, setzte sich in einen üppigen Polstersessel und machte sich sichtbar. Zarutkin nahm ihn zunächst gar nicht wahr.

Eliha räusperte sich, Zarutkin blickte auf und zuckte zusammen. Sein Gegenüber sah harmlos aus und war unbewaffnet Schon Zarutkins Masse von 130 kg stahlharten

Muskeln gaben ihm ein Gefühl sicherer Überlegenheit gegenüber dem schmächtigen, schwächlichen Besucher.

„Wie wagst du es, unaufgefordert mein Büro zu betreten und wie bist du an meinen Leibwächtern vorbeigekommen?" Knurrte Zarutkin gereizt. „Alleine, dass ich da bin, beweist dir meine Macht. Deine Leibwächter haben mich nicht einmal gesehen. Ich komme im Auftrag von Lucullus Krummsky." „Sage was du zu sagen hast und dann verschwinde schleunigst!" Eliha stand auf. „Ich erkläre feierlich, dass ich jeden Versuch von deiner Seite, das Restaurant von Lucullus Krummsky in deinen Besitz zu bringen oder es zu zerstören vereiteln werde.

 Lass Lucullus in Ruhe, sonst wirst du es bereuen. Ich habe Macht, das beweist dir dein Swimmingpool der jetzt, im späten Frühjahr zugefroren ist und der brennende Baum daneben." Unhörbar flüsterte Eliha „invisibilis" und war nicht mehr sichtbar. Zarutikin brummte vor sich hin: „Ich werde mich doch nicht von den Taschenspielertricks dieses dahergelaufenen Menschen beeindrucken lassen. Lucullus' Restaurant gehört mir". Eliha dachte sich: „Du wirst noch schmerzlich erfahren, dass meine Tricks nicht billig sind." Mit seinem Reisezauber ging er zurück zu Lucullus. Jetzt begann die konkrete Planung des Krieges gegen Zarutkin.

Kapitel 16
Kräftemessen mit Zarutkin

Als Eliha zu Lucullus zurückkam, warnte er: „Ich bin ziemlich sicher, dass Zarutkin jemanden schickt, um heute das Abendessen zu sabotieren, aber subtiler als gestern. Bevor wir die Vorbereitungen beginnen, verstecke ich mich in der Küche und schaue, was passieren wird." Tatsächlich, nach kurzer Zeit schlich sich ein Mann in die Küche, er benutzte einen Nachschlüssel. Er schlich zum Gemüsekühlraum, auch dafür hatte er einen Schlüssel, Großzügig schüttete er eine milchige Flüssigkeit über alles Gemüse. Besonders dem Blattsalat schenkte er große Aufmerksamkeit. Er schloss den Kühlraum ab, verließ die Küche und sperrte wieder zu.

Eliha lief sofort zu Lucullus. Jetzt hieß es schnell sein. Das Gemüse musste sofort ausgetauscht werden und der Kühlraum desinfiziert. Das Herausräumen des Gemüses automatisierte Eliha und auch das Desinfizieren. Schon war die Küche nach einer dreiviertel Stunde wie der sicher und bereit für die Vorbereitung des Abendessens. Eine bakteriologische Untersuchung ergab, dass Zarutkin einen besonders aggressiven Stamm von Salmonellen ausgewählt hatte, der sich im Körper aber auch auf Gemüse rasend schnell vermehrte und innerhalb von zehn Minuten nach Genuss zu heftigen Bauchkrämpfen und blutigem Durchfall führte. Lucullus wunderte sich, wie schnell es mit ein wenig Zaubern gelungen war, den Angriff Zarutkins zu vereiteln.

Nun sollte die Rache folgen, und zwar mit Hilfe des schwefelgelben Ferrari, der Zarutkins ganzer Stolz war. Als Stufe eins der Rache plante Eliha, das Cockpit des Rennwagens bis zum oberen Rand mit Schweinemist zu füllen. Als Zeit dafür hatte er sich den frühen Morgen erwählt, wann niemand unterwegs sein würde. Natürlich war die Garage, wo das Protzgerät stand, bewacht und verschlossen, das konnte aber einen Magier nicht abhalten. Er beschaffte sich eine 200 Liter Kunststofftonne, füllte sie bei einem Schweinemäster mit Mist, machte sich und das Fass unsichtbar. Dann verwendete er seinen Reisezauber, um in die Garage zu gelangen. Die Wächter wunderten sich nur, dass ihnen ein Hauch von Schweinegestank entgegen wehte. In der Garage vertiefte sich Eliha in das hochmütige Wesen des Sportwagens und veranlasste ihn, ihm die Beifahrertüre zu öffnen. Mit magischen Mitteln hob er das Mistfass an und kippte es auf die Sitze. Dann hieß er den Wagen, die Türe wieder zu schließen und zu verriegeln.

Das Fass brachte er in unsichtbarem Zustand wieder dorthin, wo er es geholt hatte.

Zarutkin war ahnungslos. Er fragte sich nur, was beim Salmonellenangriff schiefgegangen sein könnte. Er hatte erwartet, in den Morgenzeitungen Berichte über den Salmonellenausbruch bei Lucullus zu finden. Erst abends ging Zarutkin in die Garage, er wollte den Ferrari holen, um damit seine neueste Flamme zu beeindrucken. Ganz in Gedanken sperrte er den Wagen auf, da sah er die duftende Bescherung. Das Fahrzeug war unbrauchbar. Zarutkins kahl rasierter Schädel verfärbte sich tiefrot, seine Leibwächter duckten sich weg. .Gespickt mit sehr farbigen Flüchen brüllte Zarutkin los und fand zahlreiche unehrenhafte Bezeichnungen für Lucullus, denn er nahm als sicher an, dass jener der Verursacher der schimpflichen Entehrung seines vergötterten Ferrari war.

Als er sich etwas beruhigt hatte meinte er zu seinem Leibwächter missmutig: „Bringe mir den BMW, du wirst ihn fahren."

Als Zarutkin gegen zwei Uhr nachts leicht angesäuselt nach Hause kam, hatte er sich einigermaßen beruhigt. Seine neue Freundin war sehr talentiert und konnte sein angeschlagenes Ego wunderbar streicheln. Ein Brief auf seinem Nachttisch machte das alles wieder zunichte. Lucullus hatte geschrieben: „Lass mich ab sofort vollkommen in Ruhe und gib deinen Plan auf, mein Restaurant kaputtzumachen. Andernfalls werde ich weitere Mittel und Wege finden, dir unerträgliche Seelenschmerzen zuzufügen." Der Effekt war ähnlich wie ein paar Stunden früher: dunkelroter Glatzkopf und sehr vielseitige Flüche in Richtung Lucullus. Außerdem schmiss er eine kostbare Blumenvase, ein Designerstück, gegen die Wand.

Eliha hatte sich unsichtbar ins Schlafzimmer geschlichen und stellte fest, dass die Ferrari-Sauerei dem Mafiaboss richtig unter die Haut gegangen war. Aus den Flüchen schloss er, dass Zarutkin nicht daran dachte, aufzugeben. Also sollte Stufe zwei der Seelenqual folgen.

Eine Nacht wollte Eliha Ruhe geben. Zarutkin jedoch gab keine Ruhe. Er versuchte, Lucullus zu entführen. Die Folge war, dass die beiden Entführer gefesselt in Schweinegülle die Nacht verbringen durften.

In der folgenden Nacht, der Ferrari war gereinigt worden und sah fast wie neu aus, allerdings roch er nicht neu, schlich sich Eliha wieder unsichtbar in die Garage. Er ritzte in die Karosserie: „Ich bin eine stinkende, lahme Ente" und darunter, etwas kleiner:" Hast du nun genug? Wenn du

Frieden willst, dann melde dich". Zudem zerstach Eliha alle vier Reifen gründlich. Zarutkin flippte wieder aus mit dunkelrotem Kopf und einer Fluchtirade diesmal rannte er mit dem Kopf gegen die Garagenwand. Es dauerte über eine Woche, bis das Kultauto neu lackiert und neue Reifen aufgezogen waren. Zarutkin kam schon nach drei Tagen Behandlung seiner Gehirnerschütterung aus dem Krankenhaus.

Kapitel 17
Zarutkin gibt auf

„Ich glaube, seinen Ferrari sollten wir erst mal in Ruhe lassen," meinte Lucullus, was hast du denn sonst auf Lager, Eliha? „Jetzt machen wir sein Haus unbewohnbar. Mit einem Wetterzauber ist das ein Kinderspiel. Damit er deutlich fühlen kann, wie das ist, wenn man keine richtige Behausung hat, werde ich noch allen im Haus die Illusion vermitteln, dass sie von einer unüberwindbaren Mauer umgeben sind."

„Jetzt zuerst heftiger Regen, bis der Garten unter Wasser steht. Wir wollen die Katastrophe langam steigern, damit Zarutniks Verzweiflung allmählich immer schwärzer und aussichtsloser wird." Eliha ließ es regnen wie aus Eimern, aber nur auf Zarutkins großzügiges Grundstück. Nach fünf Minuten war alles einige Zentimeter tief unter Wasser. Eliha verschlimmerte den Regen zu Hagel und fügte einen Sturm hinzu, sodass die Hagelkörner waagrecht flogen und auf der Wetterseite die Fenster zerschlugen. An der Wetterseite klatsche der Regen, angereichert mit Hagelkörnern, durch die nun glaslosen Fenster. Die Teppiche saugten sich voll Wasser, ebenso die Betten. Zarutkin wollte fliehen, stellte aber fest, dass er die hohe glatte Mauer, die plötzlich sein Grundstück umschloss, nicht überwinden konnte. Zarutkin musste sich in seinem beschädigten Haus einrichten. Er brachte für sich und seine Leute Decken und Federbetten zu der dem Wind abgewandten Seite, wo die Scheiben noch ganz waren.

Als er mit dieser Übersiedlung fertig war, entfachte Eliha den Sturm und den Hagel von neuem, aber in der entgegengesetzten Richtung. Jetzt gingen die restlichen Scheiben zu Bruch, und die meisten anderen Zimmer wurden überflutet. Rasch zog Zarutkin, was er von den Decken noch einigermaßen trocken retten konnte, in das großzügige, aber fensterlose Badezimmer.

Jetzt, meinte er, er könne ein trockenes Notlager anlegen. Weit gefehlt, Eliha hatte da eine Idee, die Situation noch ungemütlicher zu machen. Eine Sturmböe hob das Dach in drei Teilen vom Haus und legte es auf der Wiese hinter dem Haus nieder. In Kürze war das Obergeschoss geflutet und Bäche begannen das Treppenhaus hinunterzulaufen. Natürlich war der Strom ausgefallen, sodass nicht einmal der Gasherd funktionierte, da er elektronisch gesteuert war. Telefon und Internet funktionierten auch nicht. Es wurde stockfinster, obwohl der Abend weit entfernt war. Durch das

Hagelwetter war es kalt geworden. Alle waren durchnässt und froren erbärmlich. Zu Essen war nichts vorhanden außer einer Dose Kaviar und einer halben Packung Knäckebrot. Die Hälfte davon nahm sich Zarutkin.

Eliha ließ das Unwetter abklingen, ließ aber die Illusion einer Mauer stehen. Eliha ließ seine Stimme zu einem Donnern verstärkt erklingen: „Wenn ihr gelobt nie mehr Aufträge oder Befehle von Zarutkin anzunehmen Dann lasse ich euch gehen. Zarutkin bleibt jedoch hier. Natürlich wollte Zarutkin als erster verschwinden, als sich die Mauer öffnete. Eliha aber verpasste ihm die Illusion, gefesselt zu sein, sodass alle sich von Zarutkin lossagten und durch die Mauer verschwanden. Was wunderten Sie sich, als sie in einen sonnigen Spätfrühlingstag traten.

Zarutkin allerdings musste noch länger leiden. Eliha entfachte neuerlich einen Sturm, der den bereits frierenden Zarutkin weiter auskühlte. Er verkroch sich unter dem zu Boden gewehten Dach, aber da war der Boden völlig durchnässt. Suchte er sich einen Platz im Haus, waren die Teppiche völlig durchnässt. Zog er sich ins Badezimmer zurück war es schwül und es gab keine Luftzirkulation. Was er auch machte, er konnte nicht schlafen obwohl er mittlerweile total übermüdet war. Er hatte keinerlei

Möglichkeit sich aufzuwärmen und zu Essen gab es überhaupt nichts mehr. er konnte auch mit niemandem Kontakt aufnehmen, um Hilfe zu bekommen. Er war verzweifelt und völlig ratlos. Schließlich setzte er sich zum Schlafen auf einen Stuhl und er, der angeblich so harte Mafiaboss brach in Tränen des Selbstmitleids aus.

Eliha beobachtete ihn natürlich und am nächsten Morgen dachte er, dass diese Lektion reichte . Als Zarutkin wieder einmal eingeschlafen war, beseitigte Eliha sowohl die Mauer als auch die chaotische Zerstörung. Er machte alles wieder rückgängig und von da an schlief der Mafiaboss in seinem Bett. Eliha brachte Lucullus her, der dann das Erwachen ihres Opfers abwartete. Lucullus fragte ihn: Willst du nun endlich Ruhe geben und mich nicht mehr behelligen?"

Zarutkin versprach feierlich, Ruhe zu geben. Sämtliche Arbeiten im Haus musste er zunächst selbst erledigen, da ihn alle Mitarbeiter verlassen hatten. Das fiel ihm sichtlich schwer. Dass er keine Leibwächter mehr hatte, war das Schlimmste. So alleine hatte er Angst, denn er hatte sich viele Feinde gemacht.

Nach dem Erfolg mit Zarutkin nahm Eliha Abschied von seinem Onkel, und kehrte zu Meister Kakadu zurück, um weiter von dessen magischem Wissen zu profitieren.

Kapitel 18
Eliha erfährt, wie man die vierte Dimension nutzt

war äußerst froh, seinen Lehrling und Meisterkoch wieder zu haben. Doch nicht nur hatte Eliha Magisches von seinem Meister gelernt, Kakadu war ein aufmerksamer, wenn auch nicht besonders erfolgreicher Schüler in der Küche. Zumindest konnte er problemlos den Frühstückbrei genauso gut herstellen wie Eliha. Für seinen Ankunftstag hatte Eliha Hühnersuppe mit Grießnockerl vorgesehen und danach Weißbrotscheiben mit Thunfischpaste.

Für die Suppe zerteilte Eliha ein Suppenhuhn. Dazu fügte er Karotten, Sellerieknolle, Zwiebeln, eine Petersilienwurzel und Lauch. Das alles brachte er zum Sieden und ließ es drei Stunden lang sanft simmern. Die Suppe wurde durch ein Sieb gegossen und mit einem knappen Esslöffel Suppenpulver fertig gemacht. In der Zwischenzeit brachte ihm Kakadu besonders interessante Gesetzmäßigkeiten der Magie nahe.

„Das Universum ist wesentlich kompexer, als es den Anschein hat," begann er seinen Vortrag. Wir Menschen, auch Magier, können im Normalfall nur drei Dimensionen erfassen, die drei Dimensionen, die wir meist als Länge, Breite und Höhe bezeichnen. Weitere Dimensionen können wir uns nicht vorstellen, denn wir sind dreidimensionale Wesen. Dennoch sind wir in der Lage, vier und mehr Dimensionen zu denken. Diese Denkbarkeit von mehr als drei Dimensionen ermöglich es den Magiern, diese zusätzlichen Dimensionen zu nutzen, was ihre Möglichkeiten, Naturgesetze in ihren Dienst zu stellen gegenüber normalen Menschen enorm erhöht. Die notwendigen magischen Handlungen und Zaubersprüche sind hoch komplex, und daher schwer im Gedächtnis zu behalten. Aus diesem Grund werden Zaubersprüche, die zur Manipulation der vierten Dimension dienen, auf einen Zauberstab geladen, von wo sie nur aufgerufen werden müssen und dann automatisch ausgeführt werden.

Während er das Mittagessen fertig machte, dachte Eliha über das soeben Gehörte nach, während seine Hände die wohl bekannten Handgriffe automatisch durchführten. Er wog ein Ei ab und schlug es in eine Schüssel. Das gleiche Gewicht wie das Ei hatte, wog er Butter ab, zweimal so viel Grieß und vermischte alle Zutaten, wobei noch eine Prise Salz nötig war. Mit einem Kaffeelöffel formte er kleine Nockerl und ließ sie in die Suppenbrühe fallen und dort 20 Minuten simmern. Vorher hatte er Fleisch, Knochen und

Gemüse abgeseiht. Mit den Nockerln zugleich fügte er etwas Liebstöckelkraut zur Suppe.

Für die folgende Thunfischcreme benötigte Eliha eine Dose Thunfisch in Öl, eine kleine Zwiebel, eine Gewürzgurke (oder zwei Cornichons) sowie Balsamico-Essig, Tomatenmark, Senf und geriebene Muskatnuss. Gurke und Zwiebeln werden sehr fein gewürfelt und beiseitegelegt. Die anderen Zutaten werden mit einem Pürierstab Feinst zerkleinert und gut vermischt. Die Masse wird abgeschmeckt und dann die geschnittenen Gurkerl und Zwiebeln hinzugefügt. Diese Masse wird fingerdick auf Weißbrotscheiben gestrichen. Kakadu pries diese in Elihas Augen einfache Mahlzeit über den grünen Klee.

Nach dem Essen ging es weiter mit der vierten Dimension. „Eine wichtige Anwendung sind Behälter oder Gebäude, die von außen bescheiden, ja oft winzig erscheinen. Sie haben dennoch viel Raum, da sie sich quer zum existieren Raum mit Länge Breite und Höhe in die vierte Dimension ausdehnen. Es gibt Frauen, die haben unheimlich viel Platz in ihren bescheiden wirkenden Handtaschen. Das kommt daher, dass sie Handtaschen mit Ausdehnung in die vierte Dimension besitzen, die ihnen ein Magier oder eine Hexe bereitet haben. Ein Bespiel für eine solche Frau ist Mary

Poppins, die in ihrer Tasche einen mannshohen Hutständer und einen üppigen Gummibaum unterbringen konnte. Männer fühlen sich der Magie weit weniger nahe, daher stopfen sie ihre Hosentaschen auf völlig unmagische Weise voll und benutzen die vierte Dimension eher nicht.

Für Frauen aber ist das Schaffen von magischem Raum oft der einzige Weg, genügend Kleider auf eine Reise mitzunehmen. Das fällt bei Reisen mit einem Kleinwagen oder mit der Bahn, besonders mit dem ICE, ins Gewicht. Große Koffer finden in einem ICE nicht wirklich Platz. Dort stehen sie immer im Weg herum. Mit dem Ausweichen in die vierte Dimension reicht ein Koffer, der anscheinend nur für eine Übernachtung genügt, mit einem ganzen Ankleidezimmer modischer Garderobe für jeden Anlass gefüllt, für eine monatelange Kreuzfahrt.

Nach dieser Einleitung erklärte Kakadu: „Die Zaubersprüche für die Manipulation des vierdimensionalen Raumes beherrschen nur wenige herausragende Magier. Zusätzlich Raum wird immer dringender gebraucht. Denke nur an die beengten Wohnverhältnisse in den großen Städten. Je weiter die Weltbevölkerung wächst, umso mehr Platz wird gebraucht, ist aber nicht da. So sind die Magier auf die Idee gekommen, das Erschließen von Raum in der vierten

Dimension zu automatisieren. Dazu ist ein Zauberstab notwendig, mit dem man die Prozedur stark vereinfachen und verkürzen kann. Da es das gibt, werden wir uns jetzt noch nicht mit der schwierigen Prozedur befassen, sondern nur die Vorgehensweise in der automatisierten Form mit einem Zauberstab einüben." Kakadu überreichte Eliha einen Zauberstab. Besonders gut sah er nicht aus. In der Mitte hatte er eine Einkerbung und insgesamt wirkte er abgenutzt und schäbig. Kakadu meinte: „Ich weiß, das ist nich gerade ein Prachtstück aber zum Einüben will ich dir keinen schönen Zauberstab überlassen. Auf diesem alten, schäbigen Zauberstab ist alles drauf und er wirkt nicht wesentlich schlechter als ein neuer."

Kakadu erläuterte, dass man mit dem Zauberstab den Zugang zur vierten Dimension bestimmt und die Form und Größe des so geschaffenen Raumes. Dabei gibt es zwei grundsätzlich verschiedene Weisen, den Zugang zu definieren. Er kann einerseits fest mit einem Gegenstand verbunden sein, der sich an verschiedenen Orten befinden kann. Das trifft auf Transportbehälter wie Taschen, Koffer, Rucksäcke, Fässer aber auch auf Zelte Autos oder Wohnwagen zu. Dann gibt es noch die geografisch feststehenden Zugänge etwa in Häusern, in denen meist eine Tür als Zugang zur vierten Dimension dient, wie deine

Küche in eurer Wohnung in München. In diesen Fällen schaltet ein Zauberspruch von drei Dimensionen auf vier um. Nur dann ist die vierte Dimension wahrnehmbar. „Das trift auch auf den Schlüssel zu, mit dem du zu mir gefunden hast."Den Zauberspruch bestimmt der Ersteller des Zugangs. Bei Behältern ist das anders. Wenn man einen solchen öffnet, dann befindet man sich in der Verlängerung des Raumes in die vierte Dimension.

„Zunächst werde ich dir zeigen, wie man den Zauberstab schwingen muss, locker aus dem Handgelenk." Er zeigte es mit seinem eigenen Zauberstab vor und Eliha versuchte, es nachzumachen. Das gelang gar nicht schlecht, denn locker aus dem Handgelenk war der Schneebesen zu benutzen, mit dem er seit Jahren vertraut war. So kamen sie rasch zum zweiten Schritt, durch Zaubersprüche die Einzelheiten des über die drei gewöhnlichen Dimensionen hinausgehenden Räume festzulegen und die Zugänge zu definieren. Sie bauten den Rucksack von Eliha in einen magischen Rucksack um. Mit dem dazugehörenden Zauberspruch verbanden Sie den Raum in der vierten Dimension mit dem Rucksack. Auf diese Weise führte ein Griff in den Rucksack immer zum gleichen Ergebnis. Außerdem war festzulegen, wieviel Raum die Erweiterung bieten sollte. So hatte nun Eliha einen Rucksack, in den er massenhaft Dinge packen konnte, ohne dass der Rucksack schwerer wurde, denn die zusätzliche Last war ja nicht wirklich im Rucksack, sondern lag im vierdimensionalen Raum auf einem Regal und belastete daher den Rucksack nicht. Der Rucksack bot nur den Zugang zu diesen Sachen. Eliha hatte schnell begriffen, wie er den Raum in der vierten Dimension konfigurieren musste, um sich nicht zu gefährden.

Außerdem ist klar, dass ein funktionierender Zauberstab vorhanden sein muss, auf den alle notwendigen Zaubersprüche zur Manipulation des vierdimensionalen Raumes drauf sein müssen. Ein durchschnittlicher Magier beherrscht dies innerhalb weniger Tage. Die auf dem Zauberstab abgelegten Zaubersprüche können nur die mächtigsten Magier ermitteln und auf Zauberstäbe laden.

Kapitel 19

Magische Wesen

Wieder einmal bat Meister Kakadu Eliha, ihm etwas besonders Leckers zu kochen. Er wählte Apfelschlankel und dazu kühle Milch.

Zu 250 g Mehl fügte er ein halbes Päckchen Backpulver, bröselte mit 140 g Butter ab und arbeitete ein Ei, und 50 g Zucker hinein, so dass ein mittelweicher Teig entstand. Zwei Drittel des Teiges walkte er etwa messerrückendick aus undlegte ihn auf ein Backblech. Für die Füllung schälte und hobelte er ein kg säuerliche Äpfel, die mit zwei Esslöffeln Zucker, einer Messerspitze Zimt und einem Packchen Vanillezucker würzte. Die so vorbereiteten Äpfel verteilte er auf dem augewalkten Teig. Das letzte Drittel des Teiges walzte er auch aus und schnitt es mit einem Teigrad in etwa zwei Zentimer breite Streifen, die er in Gitterform auf die Äpfel legte. Dieser Kuchen wurde dann im Backrohr goldbraun gebacken. Eliha als Meisterkoch konnte dies perfekt in einem Feuerhard. Normale Menschen nehmen einen Elektroherd eingestellt auf 180°. Die Backzeit liegt dann bei etwa 35 Minuten

Nachdem er drei große, Kuchenstücke mit höchstem Behagen verspeist hatte, meinte Kakadu:" Ich denke, wir sollten nun mit dem Lehrplan fortsetzen, damit deine Lehrzeit zu Ende kommt und du als ausgelernter Magier auf Wanderschaft gehen kannst. Jetzt ist es an der Zeit, dass du von magischen Wesen erfährst, denn gelegentlich wirst du solchen begegnen. Fangen wir mit den einheimischen an."

Kakadu erzähle zuerst von den Kasermandeln. Das sind Waldgeister in Menschengestalt. Sie sind meist grau gekleidet und sehen aus wie die sehnigen Männer in den Alpentältern. Im Winter suchen sie Schutz in den dann verlassenen Almhütten, aber im Sommer sieht man sie nicht. Sie passen in unsichtbarer Form auf die Senner und Sennerinnen auf, aber nur wenn sie anständige Menschen sind. Sie passen auf, dass das Vieh nicht abstürzt und nicht von Muren oder Blitzschlägen getötet wird. Über das Leben der Sennen und Sennerinnen wachen die Kasermandeln, aber nur wenn es ehrliche, rechtschaffene Menschen sind.

Magier können die Aura der Kasermandeln erfühlen und sicher zuordnen. Die Almgeister sind keine engen Freunde der Magier, jedoch lassen sie die Magier in Ruhe. Wenn ein Magier auf ein Kasermandl stößt, werden sich die zwei ein wenig unterhalten und dann wird jeder seines Weges gehen. Schädigen werden sie nur Böse, die den Schaden ihrer Mitwesen im Sinn haben. Die Almgeister können von allen Lebewesen erfühlen, ob sie helfen oder ob sie Ärger und Schaden verursachen wollen. Kasermandeln trifft man vor allem hoch oben auf den Bergwiesen der Alpen, und das nur im Winter.

Als nächstes erzählte Kakadu von den Wolperdingern. Das sind körperlose Waldgeister, die allerhand Schabernack lieben. Sie erscheinen oft als Hasen von absurder Gestalt. Unter Wolperdingern ist es vor allem Mode, als Hase zu erscheinen, dessen Körper modifiziert wird durch ein Rehgeweih auf dem Kopf und durch Entenflügel und Entenfüße. Je nach Laune produzieren Wolperdinger eine unterschiedliche Gestalt. Sie wollen eigentlich nur Menschen schrecken und schöpfen daraus das größte Vergnügen. Von Wolperdingern kann man keine Vernunft erwarten, sie wollen nur Schabernack. So sind sie zwar äußerst lästig, aber harmlos. Bei ihnen kann man ebenfalls die Aura fühlen, sie ist aber recht einfach.

Danach berichtete der Meister von Nixen. Sie sind Wassergeister, die Bäche, Seen und Moore behüten. Sie sehen aus wie Meerjungfrauen als schöne Frauen, die statt des Unterkörpers einen Fischschwanz haben. Sie halten sich gerne in Süßwasser auf. Sie nutzen ihre Schönheit aus, um Männer zu umgarnen, Ihnen in die Tiefe ihres Gewässers zu folgen. Sie können auch Magiern gefährlich werden, da sie mit Gefühlen spielen und dabei Gefahren vergessen lassen. Bei Nixen ist es am besten, ihnen überhaupt nicht zuzuhören und davonzulaufen, solange man dazu noch fähig ist. Ein Vorteil dabei ist, dass Nixen sich nicht von ihrem Gewässer entfernen können. Eine Flucht ist also leicht möglich.

Ganz besonders sind Tatzelwürmer. Man könnte sie auch als Halbdrachen bezeichnen. Sie sind etwa 50 bis 300 cm lang, haben die schlanke Gestalt einer Schlange, aber klauenbewehrte Hinterbeine. Die Vorderbeine sind mit Fingern versehen, die greifen können. Der Kopf ist breit wie bei einem Kater und das Maul enthält zwei Reihen von rasiermesserscharfen Zähnen so wie Piranhas sie haben. Man findet sie im Gebirge und sie haben eine ausgeprägt finstere Aura. Sie sind ziemlich menschenscheu und verkriechen sich gerne in Erdlöchern, die sie selbst gegraben haben. Sie können das Wetter beeinflussen. Wenn sie zornig auf einen Menschen sind, dann können sie es ganz gezielt regnen lassen und mit Vorliebe dadurch katastrophale Muren auslösen. Man kann mit ihnen nur mühsam kommunizieren.

Eine liebliche Erscheinung sind Elfen. Es gibt sie überall auf der Nordhalbkugel. Sie lieben Musik und Tanz aber leider auch alkoholische Getränke. Sie sind kleine Wesen von menschlicher Gestalt. Sie werden höchstens zwanzig Zentimeter groß und haben zwei Paare durchsichtige Flügel sehr ähnlich den Libellen. Elfen altern schnell. Die meisten von ihnen sterben, bevor sie ihren vierten Geburtstag erreichen. Sie haben ein tiefes Wissen über die Kräuter ihrer nächsten Umgebung, sie lieben es, Quatsch zu machen, womit sie ernstere Zeitgenossen aufregen. Wenn sie nicht betrunken sind und mit ihren magischen Fähigkeiten keinen Schabernack treiben, sind es recht liebe und vor allem hilfsbereite Wesen.

Die Elfen ärgern Zwerge gerne. Zwerge sind nicht gefährlich, aber grundsätzlich schlecht gelaunt. Sie ärgern sich intensiv über den Übermut und die Neckereien der Elfen. Sie sind klug und geschickt und erfahren im Auffinden von Edelsteinen aller Art und von Metallerzen. Die Lagerstätten ihrer Schätze verraten sie niemandem. Sie sind Meister der Edelsteinschleiferei und der Metallgewinnung. Besonders bekannt sind sie für ihren

Unsichtbarkeitszauber. Sie stellen Tarnkappen und Tarnmäntel her, die jeder benutzen kann, um unsichtbar zu werden, ohne selbst Zauberkräfte zu haben.

Eliha staunte über die Vielfalt magischer Wesen, die es alleine in seiner nächsten Umgebung gab. Er war überwältigt von der Menge an Informationen, die Meister Kakadu ihm präsentiert hatte. Er meinte: „Jetzt möchte ich diese Wesen selbst kennenlernen und besser verstehen wie sie denken und handeln." „Du wirst bald Gelegenheit dafür bekommen. Gemäß dem Lehrplan für Magier musst du ein magisches Wesen beobachten und aus deinen Beobachtungen ein Referat erstellen, in dem du der magischen Prüfungskommission deine Erkenntnisse darlegst. Das wird der erste Teil deiner Gesellenprüfung sein," erwiderte Kakadu.

Kapitel 20
Eliha sucht einen Tatzelwurm

Eliha überlegte hin und her, welches magische Wesen er für seine Abschlussprüfung als Beobachtungsobjekt auswählen sollte. Er kam auf den Tatzelwurm, der ihn besonders faszinierte. Meister Kakadu machte ihn darauf aufmerksam, dass ein Tatzelwurm als Beobachtungsobjekt einige Gefahren mit sich bringen würde, die aber für einen so fähigen Magier wie es Eliha inzwischen geworden war, kein unüberwindliches Hindernis darstellten. Kurz und gut, der Meister war einverstanden und leitete Eliha an, wie er diese Aufgabe anpacken könnte. Zuerst sollte sich Eliha so genau wie möglich theoretisch informieren. Kakadu riet dazu, in der Klosterbibliothek in Einsiedeln in der Schweiz, gegründet im Jahr 934 mit seinen Nachforschungen zu beginnen. Dort gäbe es eine Abteilung mit vielen magischen Informationen. „Selbstverständlich ist diese Bibliotheksabteilung vor unberufenen Augen verborgen hinter einem Dimensionstor und wird von Pater Martin betreut, der gleichzeitig ein Magier ist. Selbstverständlich wissen seine Mitbrüder nichts davon", erläuterte Elihas Meister.

Schon am nächsten Tag machte sich Eliha auf den Weg. Er verabschiedete sich von Meister Kakadu und von Burgl und nach wenigen Minuten stand er dank seiner magischen Reiseschuhe vor dem Tor des Klosters Einsiedeln, auf dem Rücken seinen überlegt gefüllten magischen Rucksack und einen Empfehlungsbrief seines Meisters an den Bibliothekar des Klosters, Pater Martin. Eliha fragte den Pförtner nach dem Bibliothekar, der nach wenigen Minuten mit wehender schwarzer Kutte angestürmt kam. Er war ein kleiner runder Mann mit kahlem Kopf, roten Backen und einem gewinnenden Lächeln. Als er den Empfehlungsbrief von Meister Kakadu gelesen hatte, umarmte er Eliha herzlich. Beide konnten gegenseitig ihre magische Aura verspüren, was das Vertrauen verstärkte. Als Eliha erklärte, dass er auf der Suche nach Informationen über den Tatzelwurm sei, führte ihn Pater Martin mit so schnellem Schritt, dass der Junge kaum folgen konnte, in die kostbare Bibliothek des Klosters. Dort führte Pater Martin Eliha in den hintersten Winkel, wo ein abgeschlossener Schrank stand. Der Bibliothekar zog einen Schlüssel aus der Tasche, steckte ihn ins Schloss und murmelte einen Zauberspruch. Der Schrank schwenkte zur Seite und gab einen Durchgang frei, hinter dem der Charakter der Bibliothek völlig anders war, als bei den Regalen gefüllt mit alphabetisch und nach Sachgebiet geordneten kostbaren Buchern. In der magischen Abteilung gab es kein einziges Fenster. Die Luft war stickig und roch nach uralten Büchern. Die Regale waren nur auf Zweck und nicht so wie in den anderen Bereichen auch auf Schönheit ausgerichtet. Eine durchgehende Ordnung fehlte völlig. In den robusten Regalen aus Buchenholz standen Reihen von Büchern. Einige waren dicke, schwere Wälzer, andere bescheidene Büchlein von wenigen Seiten Stärke. Die meisten waren in Leder gebunden, einige steckten in Kassetten aus Holz. Dazwischen gab es Stapel von losen Blättern, zusammengehalten mit Bindfaden. Kein Buch war beschriftet. Eliha fiel das Herz in die Hose. Wie sollte er in diesem Chaos finden, was er brauchte? Pater Martin beruhigte ihn: „Dieses Chaos ist gewollt. So können Unberufene, also Nichtmagier, nichts finden, falls sie hier herein gelangen und werden entmutigt."

„Als Magier aber kann man mit Hilfe eines Suchzaubers ein Buch nach Stichwort suchen. Dann leuchten alle Bücher, die das Stichwort enthalten in fahlem Blau. Der Lichtschimmer ist umso heller, je öfter sich das Stichwort darin findet. Diese Möglichkeit gibt es in allen magischen

Bibliotheken.“ Der Bibliothekar riet Eliha, auf Fragen nach seinen Nachforschungen zu antworten, dass sein Auftraggeber die ganze Sache vertraulich behandelt haben möchte. Dann überließ er den jungen Zauberer seinen Nachforschungen. Aus seinem magischen Rucksack zog Eliha ein besonderes Schreibzeug heraus. Es schrieb mit einer blauen Schwanzfeder eines Quetzals, und zwar nach Diktat. Zunächst sprach Eliha den Suchzauber mit dem Stichwort ’Tatzelwurm‘. Er sah sich im ganzen Raum um. Nur an drei Stellen leuchteten Bücher. Das erste war ein kurzer Erlebnisbericht über eine Begegnung mit einem Tatzelwurm auf Lateinisch. Eliha diktierte den Bericht seiner Quetzalfeder. Das zweite war völlig uninteressant. Der Tatzelwurm erschien dort nut als ein Eintrag in einer Liste magischer Wesen. Doch das dritte zeigte sich als wunderbare Informationsquelle. Das Buch war ein dicker Wälzer in französischer Sprache. Es war ein Lexikon magischer Wesen aus dem Jahr 1721. Hier fand Eliha auf insgesamt 14 Seiten ausführliche Informationen über den Tatzelwurm, die er von seiner magischen Schreibfeder kopieren ließ. Nach seinem Diktat bewegte sich die leuchtend blaugrüne Feder hurtig über das Papier. Hier was die Quetzalfeder schrieb: ‚Der Tatzelwurm erreicht (nach bisheriger Erkenntnis) eine Länge von höchstens drei

Metern. Er wächst sehr langsam. Die Eier des Tatzelwurms werden durch Erdwärme ausgebrütet. Beim Schlüpfen sind die Jungtiere gerade so groß wie ein kleiner Regenwurm. Sie haben Hinterbeine mit Klauen und vordere Gliedmaßen mit drei Fingern und einem gegenüber stehenden Daumen. Der Kopf ist rund und katzenartig. Das Maul ist mit zwei engen Reihen rasiermesserscharfer Zähne besetzt. Bis sich die Fähigkeit zum Feuerspucken entwickelt hat, vergehen fünf bis acht Jahre.

Der Tatzelwurm wächst sehr langsam. Bis er seine erwachsene Größe von zwei bis drei Metern erreicht hat, vergehen dreißig Jahre. Dazwischen häutet er sich mehrfach, um seinen zu eng gewordenen Schuppenpanzer abzuwerfen. der Tatzelwurm kann Gold riechen, das er sehr liebt. Wo immer möglich halten sich Tatzelwürmer in der Nähe von Gold auf. Sie fühlen sich tief im Inneren der Erde besonders wohl. Daher hat man besonders gute Aussichten, in alten, aufgelassenen Goldbergwerken einen Tatzelwurm zu finden . Von den Stollen aus graben sie sich tiefe Löcher besonders dort, wo sie Gold wittern. Goldbergwerke, die noch in Betrieb sind, meidet der Tatzelwurm, denn er ist eine sehr ruhebedürftige Kreatur, die Lärm und Aufregung so weit wie möglich aus dem Weg geht. Kann ein Tatzelwurm Lärm und Unruhe nicht entfliehen, versucht er die Eindringlinge durch Feuerspeien zu vertreiben.

Nach ungefähr 25 Jahren begibt sich der männliche Tatzelwurm auf nächtliche Wanderungen durch das Gebirge, um eine Partnerin zu finden, mit der er dann zwei bis drei Kinder zeugt. Er durcheilt dabei Höhlen und Klüfte, folgt unterirdischen Bächen und durchschwimmt Seen und nutzt alte Bergwerkstollen als Wege tiefer in den Berg hinein. Das Weibchen wandert nicht. Es verströmt nur einen für Tatzelwurm Männer unwiderstehlichen Duft. Menschen lieben den Geruch gar nicht. Er erscheint ihnen wie eine MIschung aus scharf riechender Essigsäure mit Schwefelwasserstoff, der nach faulen Eiern riecht.

Eine Menge detaillierter Informationen über die Anatomie des Tatzelwurms, seinen Lebensraum, seine Ernährung und sein Verhalten werden im Lexikon erklärt.

Aufgrund seiner sorgfältigen Studien entschloss sich Eliha, seine Suche nach einem Tatzelwurm in den Hohen Tauern zu beginnen, und zwar im seit über hundert Jahren aufgelassenen Goldbergwerk in Kolm-Saigurn. Mit Hilfe seiner magischen Reiseschuhe gelangte er in Minutenschnelle nach Kolm-Saigurn, hoch in den Tauern an der Nordseite gelegen. Seine Hoffnung, dort einen

Tatzelwurm zu finden, schwand sehr rasch. Der Tatzelwurm ist ein sehr scheues Wesen. Wo sich regelmäßig Menschen befinden, da ist es ihm zu unruhig und zu laut. Kolm-Saigurn, stellte er fest, spielte mit Golgräberromantik eine wichtige Rolle im Tourismus des Rauristales. Eliha sprach mit einem Bergführer, der ihn zum Zirknitztal verwies, das südlich des Alpenhauptkammes ganz in der Nähe zu finden war. Im ganzen Tal gibt es nur 38 Bewohner. Das Gebiet wird sowohl landwirtschaftlich als auch touristisch wenig genutzt und dort gibt es einen aufgelassenen Goldbergbau. Hier rechnete sich Eliha gute Chancen aus, einen Tatzelwurm zu finden. Er streckte seine magischen Fühler aus. Zunächst konnte er nur die Aura der über dreitausend Meter hohen Berggipfel erfühlen, eine grundsätzliche Zuversicht und ein Selbstbewusstsein als hohe solide Berggipfel und damit wichtiger Teil des Angesichtes der Erde.

Hinter der mächtigen Aura der Berge verbarg sich die Aura jedes anderen Wesens, auch jedes magischen Wesens. Die Aura eines Tatzelwurms wäre erst aus der Nähe festzustellen. Da sich Tatzelwürmer fast nur im Inneren der Berge in ihren selbstgegrabenen Röhren, in einsamen Bergwerkstollen und natürlichen Höhlen aufhalten, muste Eliha unter die Erde.

Er war allerdings schon ziemlich erschöpft. Vor allem die Benutzung seiner magischen Reiseschuhe hatte ihn viel Energie gekostet und er hatte mächtigen Hunger. Eliha hatte gut vorgesorgt. In seinem magischen Rucksack hatte er fünf deftige Mahlzeiten vorbereitet. Er nahm drei Tiroler Knödel in Rinderbrühe aus seinem Rucksack und erhitzte sie magisch. Nach den Knödeln verdrückte er Brot mit einem panierten Schnitzel und dazu Kartoffelsalat. Zum Abschluss verzehrte er zwei Tafeln Schokolade. Nach dieser üppigen Mahlzeit fühlte sich Eliha ausreichend gestärkt, magisch durch den Berg zu reisen und einen Tatzelwurm niederzuringen.

Eliha drang mit seinen magischen Schuhen einige hundert Meter in das aufgelassene Goldbergwerk ein, richtete seinen magischen Sinn tiefer in das Innere des Berges und versuchte, ober eine unbekannte Aura erfassen könnte. Er erfühlte nichts außer den Berg selbst, er ging tiefer in den Berg, machte Halt um eine Aura zu finden. Er fühlte keine . So ging er mittels Magie stundenlang durch das Bergwerk. „Noch ein Sprung", dachte er, „dann gebe ich für heute auf".

Nach dem nächsten Sprung, fühlte er schwach eine neue Aura, weit weg, eine Mischung aus ängstlichem Verstecken Wollen und äußerst heftiger Angriffslust. Vorsichtig näherte er sich der Aura. Schließlich sah er zum ersten Mal in seinem Leben einen lebendigen Tatzelwurm. Im magischen Licht glänzten seine Augen im runden Katzengesicht wie Silbermünzen. Der Kopf des magischen Wesens saß auf einem geschuppten Körper von etwa einem halben Meter Länge und stützte sich auf seinen Schwanz. Der Tatzelwurm wollte fliehen. Er hatte im jungen Zauberer einen überlegenen Geist erkannt und wollte sich in Sicherheit bringen. Blitzschnell sang Eliha einen Zauberspruch und der Tatzelwurm steckte in einer fünfdimensionalen Kiste, aus der es kein Entrinnen gab.

Eliha zaubert weiter . . .

. . . wie, erfahrt ihr ab 4. Juni 2024

in Band 2

Eliha und seine magischen Freunde

Erhältlich über diesen Link, ab 4. Juni 2024

sowie in jedem Online Buchshop und in Buchläden